醉了青衫红袖

杨耀明诗联选

ZUI LE QING SHAN HONG XIU

杨耀明 著

上海文艺出版社
Shanghai Literature & Art Publishing House

图书在版编目（CIP）数据

醉了青衫红袖 / 杨耀明著 . -- 上海 : 上海文艺出版社 , 2023
ISBN 978-7-5321-8754-6

Ⅰ . ①醉… Ⅱ . ①杨… Ⅲ . ①文艺—作品综合集—中国—当代 Ⅳ . ① I217.1

中国国家版本馆 CIP 数据核字 (2023) 第 097262 号

发 行 人：毕　胜
策 划 人：杨　婷
责任编辑：李　平　程方洁
封面设计：悟阅文化
图文制作：悟阅文化

书　　名：醉了青衫红袖
作　　者：杨耀明
出　　版：上海世纪出版集团　上海文艺出版社
地　　址：上海市闵行区号景路 159 弄 A 座 2 楼
发　　行：上海文艺出版社发行中心发行
　　　　　上海市闵行区号景路 159 弄 A 座 2 楼 206 室　201101　www.ewen.co
印　　刷：成都市兴雅致印务有限责任公司
开　　本：880 × 1230　1/32
印　　张：11.25
字　　数：215 千
印　　次：2023 年 9 月第 1 版　2023 年 9 月第 1 次印刷
I S B N：978-7-5321-8754-6
定　　价：78.00 元

编委会

编委会主任：杨耀明

编辑审校：孙钢坪

湛江市第二中学

书画统筹：孙钢坪

封面题字：曾　鉴

书画指导：黎　明　　向体健　　骆翠妙

摄　　影：何子亮

湛江市第二中学霞山校区

书画统筹：张　婷

书画创作：梁海丽

书画指导：梁海丽

湛江市二中海东中学

书画统筹：李　玲

书画创作：孟　磊　　颜黎黎　　钱伟群

　　　　　修　瑾　　谭卫华

书画指导：陈恒龙　　谭卫华

湛江市二中海东小学

书画统筹：杨　春

书画创作：宋晓燕　　吴国权

书画指导：宋晓燕　　王　演　　杨华英

湛江二中港城中学

书画统筹：殷志伟

书画创作：卜骁冠

书画指导：黄　江

湛江二中崇文实验学校

书画统筹：杨　妙

书画指导：徐世强　　杨　妙

与中国楹联学会会长、野草诗社名誉社长李培隽合影

与中国楹联学会名誉会长（原会长）、中华诗词学会顾问蒋有泉合影

中华诗词学会副会长周达（左二）和诗教培训部副主任郭友琴（右二）莅临二中指导诗教工作

中国词学学会副会长、广东中华诗词学会常务副会长赵维江（右三）和副会长周燕婷（右二）莅临二中指导诗教工作

湛江市二中诗社挂牌成立，广东岭南诗社社长张汉松等领导嘉宾出席挂牌仪式

广东岭南诗社社长张汉松授予二中“广东岭南诗社诗词传习基地”牌匾，岭南诗社副社长潘嘉念、冼松青、陈传添等领导嘉宾出席授牌仪式

湛江诗社社长陈章智授予二中诗社“湛江诗社直属分社”牌匾

中国楹联学会副会长、广东楹联学会会长邹继海授予二中“广东省楹联文化教育基地”牌匾

二中被授予“中华《诗词月刊》杂志社工作站”牌匾

二中举办楹联创作与书写大赛，中国楹联学会副会长邹继海为一等奖获得者颁奖

二中举办“讴歌新时代，共筑中国梦”诗词大赛，图为颁奖典礼合影

广东岭南诗社社长张汉松、副社长潘嘉念、副社长冼松青等领导嘉宾赴二中考察交流

陪同中国楹联学会顾委会副主任（原副会长）邹继海、广东楹联学会会长曾建国等领导嘉宾赴荣基文化艺术中心考察交流

湛江市诗词楹联研究会成立，邹继海、孙幼明、冯伟、莫延昌、冯燕锋等领导嘉宾出席揭牌仪式

获颁湛江市诗词楹联研究会会长聘书

中国楹联学会副会长、广东楹联学会会长邹继海代表中国楹联学会授予二中“中国楹联教育基地”牌匾

参加广东楹联学会六代会，与中国楹联学会名誉会长蒋有泉（右四）、中国楹联学会会长李培隽（左四）、中国楹联学会顾委会副主任邹继海（右五）等合影

广东楹联学会会长、副会长合影

雷州市清端园诗联文化交流及授牌采风活动合影

湛江二中教育集团五个校区被授予“湛江市诗联文化教育基地”牌匾

广东省政协原副主席王兆林及楹联书画家们为二中题写书画长卷

二中承办第六届广东中青年诗词论坛暨中华诗词进学校工作研讨会，同时被授予为“广东省诗教先进单位”

中国楹联学会会长助理、广东楹联学会会长曾建国授予二中“广东省联教工作先进学校”牌匾

中国楹联学会顾委会副主任（原副会长）邹继海代表中国楹联学会授予二中“全国楹联教育精英榜”牌匾

上善亭前，一曲清溪

——读杨耀明诗联选

◎ 赵维江

在粤西名城湛江，有一所百年名校：湛江二中。校园里有一座“上善亭”，取老子“上善若水”之意。亭前有一条小溪，名曰“学川”，蜿蜒于校园内，最后流入“学海”。这是一所令人向往的充满了古典诗意美的学府。然而遗憾的是，应邀到这所学校去考察诗教工作之事，至今还未能成行。不过，稍感安慰的是收到了该校杨耀明校长打算付梓版行的诗稿。

“上善亭前，一曲清溪”，这是作者为校园所题楹联中的两句，也可借此来概括我读其作品的感受。虽然未能身临二中校园，但披阅耀明先生的诗词联，已深切领略到了其中如“上善亭”和“学川水”所蕴含的那种向善之情与清柔之风。作者是一位有个性，有才华的诗人，同时也是一位教师，一位校长。或许与此相关，他的创作，不管是江山览胜，还是感事抒怀，总是展现出一种明朗向上的精神。春天里，诗人“凭阑独坐，迎风高咏”，盼望的是“山长秀，水长绿，国长兴”(《行香子·九州春色》)。古镇清幽小巷那“鸡鸣屋后，鱼逐溪流”的景象，让诗人油然而生的是

"天无灾，人无祸，世无仇"（《行香子·古镇随想》）的祈愿。诗稿中有一首七绝《最美玫瑰》，写得很美：

赠送玫瑰犹恐迟，
馨香一片化成诗。
轻轻挥手转身去，
正是人间最美时。

这是一首为捐赠抗疫物资的爱心人士写的赞歌。诗作将"抗疫物资"比作华艳的"玫瑰"，进而奇想迸发，说她的"一片馨香"化成了"诗"！冷冰冰的"物资"由此已悄然升华为充溢着人世间温情淑气的"爱心"。下一句又转进一层，"爱心人士"捐赠后，却"轻轻挥手转身去"，不事张扬，不留名姓，完全出自内心的善意和悲悯，诗人把这一刻深情地称之为"人间最美时"。是的，世上还有什么能比这样的情怀更"美"呢？这不正是老子笔下那"利万物而不争"之"水"的写照吗？在耀明先生的诗稿中，这种对"上善"境界的推崇与赞美，构成了其创作的主旨和特色。相信这并非作者的刻意标榜，而是他作为一位富于诗性的教育工作者与管理者，长期以来对人生价值和教育理念的思考与践行。

善，乃中华文化精义之所在。儒家主要从伦理层面，阐释"善"的仁爱内涵，孔子认为"善人"为政可致"胜残去杀"（《论语·子路》），孟子更是将"恻隐之心"视为人之"大端"（《孟子·告子上》）；而道家则侧重从哲学视角，揭示“善”的知性意义。老子以能就卑受浊，无为不争而“利万物”之水设譬，标举“上善”之境。《庄子》更偏爱静态之水：“人莫鉴于流水而鉴于止水，唯止能止众止。”(《庄子·德充符》)在中国文化中，道德是天理的逻辑推衍；智慧是人伦的自然正道。二家之说视角不同，但实质上都是将“善”视为人性价值的至境。

作为教育工作者，最重要的职责莫过于对学生人性向善的引导。在中国古代，实现这个目标的一个重要渠道就是诗教，这也是一种美育。青少年在愉悦的诗歌吟诵与创作中，原始的蛮性利欲被收束，文明的爱心仁怀被激发，由此形成一种“温柔敦厚”的品格。这种传统的人文教育思路，理应为今天的人才培养工作所汲取。耀明先生作为一校之长，有意识地将这种“诗教”“善育”的理念融入学校教育工作里并积极践行之，特别是他身体力行，从事诗词创作，这在中学校长中是不多见的，确实难能可贵。他有《题湛江市第二中学上善文化广场》一联：

入此门，可避四时风雨；
学诸子，能知千古文章。

楹联点亮了校园景观的诗意内涵与美质，同时也令人感受到“二中”校园内和教育工作中浓浓的“诗”元素。由此看，耀明校长这本诗词联集的价值，很大程度上，也体现在对诗教工作意义的张扬和推动上。

从了解到的情况可知，耀明先生真正从事诗词创作的经历并不长，繁忙的校务也不允许他有更多的时间专注于此，但从手头作品已可窥其比较厚实的传统文化功底和严谨的创作态度。无论诗词还是楹联，所看到的作品大都语言流畅平实，写身边景，述亲历事，情出自然，少造作之语，犹若上善亭前清澈潺湲的溪水，滋润着校园里的花藤草木。

湛江，地处祖国大陆最南端雷州半岛，在古人眼里是海角天涯，但自唐宋以来，中原士人流寓此地者渐多，也由此播下了诗词文化的种子。薪尽火传，随着中华优秀传统文化的复兴，今日湛江早已成了弦诵四起的文明之城。杨耀明先生诗词联的结集出版，无疑为这颗粤西明珠，又增添了一抹诗性的光彩，“二中”的诗教工作将被推上一个新台阶。相信诗人此后的创作，会进入一个更加旺盛的时期，其艺术水平，也可期更上层楼，臻于“上善”。是为序。

壬寅岁中秋于暨南园一叶庐

（赵维江，文学博士，暨南大学教授、博士生导师、原中文系主任兼中国语言文学研究所所长。广东省人民政府文史研究馆馆员，中国词学学会副会长，中华诗词学会常务理事，广东中华诗词学会常务副会长。）

诗出三江品自高

◎ 孙钢坪

杨耀明先生的诗联选《醉了青衫红袖》即将付梓，嘱我为其作序，不胜惶恐之余，虽自愧才疏学浅，恐负先生厚望，然盛情难却，唯惴惴然从命。

先生为广东湛江吴川人士，吴川地杰人灵，人文昌盛，为鉴江、袂花江、小东江三江汇流之所，孕育了粤西唯一状元林召棠等文化名人，先生自号“三江斋主”，亦有感恩故乡、不忘根源之意。

清代大儒刘熙载在《艺概·诗概》中说到“诗品出于人品”。刘熙载认为，诗的好坏决定于人品，有什么样的人品，就有什么样的诗品，如“苏、辛皆至情至性人，故其词潇洒卓荦”。杨耀明先生性情洒脱，为人侠义，乐于助人，我素来敬仰之，与其相交者，亦多为其从容豁达的胸怀和上善豪侠的品性所折服。先生现任湛江市第二中学党委书记、校长和湛江二中教育集团总校长，先后担任湛江顶级学府一中和二中书记、校长二十余年。先生常为教工子女读书、教工家人安置等事宜多方奔走、上下沟通，力求合理妥善解决。亦有教工遭遇家庭变故，必亲自慰问，或发起捐款，助其渡过难关。为增强教工的归属感和幸福感，先生依托工会建设了“职工之家”，退休教工亦安排每月一次早茶聚会并定期组织踏青联谊，此举在湛江亦是首创，实属难能可贵。

先生厚植教育情怀且学识渊博。老子云：“上善若水，水利万物而不争。”孔子认为：水有五德，因它常流不息，能滋养一切生物，故君子遇水必观。有鉴于此，先生提出并大力践行“上善若水”教育理念，并已建设完成上善文化广场、上善亭、高贤桥、正义桥、风云亭、从容亭、人和亭、聚贤亭、孔子教育浮雕、中华八大历史文化名人雕像等人文建筑，致力于培养博学多才、虚怀若谷、志向远大的二中学子，成功塑造了“上善若水二中人”的文化形象。

先生高瞻远瞩，不断深化“优秀＋特长”的办学特色，不断拓展其内涵及外延，大力提倡“多一个舞台，多一批优秀学生，多一个评价标准，多一批优秀学生”，全面推行素质教育。现如今二中素质教育全面开花，在诗联、国学、科创、书画、音乐、美术、体育等多个领域皆成绩斐然，荣获“全国教育特色学校”“国家级田径传统项目学校”“广东省书香校园”“广东省青少年科学教育特色学校”“广东省中小学劳动教育特色学校”“广东省中小学艺术教育特色学校”“广东省中小学优秀传统文化传承学校（传承项目：诗词楹联）”等殊荣，获社会高度认可。

写到这里先容我为二中的诗联文化教育鼓与呼。2018年先生组建湛江市二中诗社并担任社长，自此，在先生的率领下，二中的诗联文化教育步入了高速发展的快车道。二中诗社现有社员110余人，其中中华诗词学会、中国楹联学会会员数十人，开设了诗联公益课程，有学生学员数百人。先生担任总编编有校本教材《诗联格律讲堂》，担任主编出版了《上善情抒诗词选》和《九州春色诗联选》，社员学员在国家级的《中华诗词》《中国楹联报》与《星星诗刊》《中华诗教》《当代诗词》《岭南诗歌》《楹联家》《对联博览》《长白山诗词》《诗词》《诗词月刊》《东坡赤壁诗词》等知名刊物发表诗联作品数百首（副），还开展了“送诗词进学校之走进遂溪仙凤小学”“送诗词进企业之走进麻章奥园”“坡头红色之旅”“送春联进社区”等公益活动，举办了“讴歌新时代，共筑中国梦”全国诗词大赛（点击量700多万，颁出奖项80多个）和楹联创作与书写大赛（参与人数1800余人，颁出奖项240多个），学校师生在教育部、国家语委主办的“迦陵杯·诗教中国”全国诗词讲解大赛中获二等奖2项、优秀奖1项，在广东岭南诗社主办的“岭南杯”诗词大赛中获三等奖1项、优秀奖4项，在广东楹联学会主办的广东省小联手比赛中获优秀奖2项，在湛江市诗联创作评比活动中获特等奖2项、一等奖1项、三等奖2项。湛江市第二中学现为中国楹联教育基地、广东岭南诗社诗词传习基地、广东省楹联文化教育基地、湛江诗社诗词传习基地、湛江市诗联文化教育基地、《中华诗词》湛江发行站、《诗词月刊》工作站，是广东省第一家同时拥有国家级、省级、市级诗联基地（站）的学校，是广东省第一家被广东省教育厅授予的以“诗词楹联”为传承项目的“广东省中小学中华优秀传统文化传承学校”，被湛江市诗词楹联研究会授予“湛江市诗联教育先进学校”荣誉，被广东楹联学会授予“广东省联教工作先进学校”荣誉，2021年经中国楹联学会评定，成功入选“2020年全国楹联教育精英榜”，是广东省唯一上榜的学校。湛江二中的诗联文化教育已成为广东诗联文化教育的一面旗帜。

先生于2020年牵头组建湛江市诗词楹联研究会，并当选会长，该会与湛江市二中诗社形成联动，已联合开展了“送诗联进学校之走进海东小学”“送诗联进景区之走进廉江慈孝文化城”“遂溪超顺红木文化非遗项目交流及孔庙采风”“雷州市清端园诗联文化交流与授牌采风”等活动，并已协办广东楹联学会六代会、广东楹联学会辛丑上巳雅集等活动，该会现有6个诗联文化教育基地，先生担任总编，正在编辑出版《中华诗联教育》一书，先生担任总编的《诗意湛江》已发布诗联同题近100期，为湛江诗联文化发展作出了重要的贡献。

先生公务繁重，但在繁忙的工作之余，仍见缝插针笔耕不辍，利用休息时间和节假日创作了多首脍炙人口的诗联佳作。其诗联作品在国家级的《中华诗词》《中国楹联报》与《星星》《楹联家》《岭南诗歌》《诗词月刊》等知名刊物发表并屡获大奖，如广东楹联学会突出贡献奖、岭南杯诗词大赛优秀奖、湛江市诗联创作评比特等奖等，担任过广东岭南诗社诗赛擂主、出题人及广东楹联学会小联手比赛出题人、总评委等，还成功当选中国楹联学会名誉理事、广东楹联学会副会长，成为了岭南诗联界的一位旗手。

先生的诗联艺术已有诗词大家赵维江品鉴，我这里不再班门弄斧，但品读先生的诗稿，总惊诧于其题材之丰富、词牌之浩瀚、风格之多元，不禁见猎心喜，试品析一二。

一、题材丰富，源于生活

先生之作品，题材丰富，大多源于生活，或咏物言志、或寄情山水，或感事抒怀，其中不乏关注时政、民生、社会热点的作品，如咏物言志的《定风波·红棉礼赞》《苍松》，如寄情山水的《江城子·深秋晚景》《春山牧牛图》，如关注时政的《一家人》《失天骄》，如关注民生的《清平乐·新农村》《脱贫》，如书写校园情怀的《题湛江市第二中学上善文化广场》《题湛江市第二中学》等，这些丰富的题材，体现了先生丰富的社会阅历和敏锐的洞察力，关注时政、民生、社会热点的作品更彰显了先生的社会责任与担当。

二、诗联并举，尤擅填词

先生之作品，以词居多，诗次之，再者联，这大概与长短句形式多变、韵律优美更适合抒发内心饱满的情感有关。先生擅长各种词牌，如常见的“行香子”“定风波”“卜算子”“相见欢”“如梦令”“阮郎归”“沁园春”“清平乐”等词牌在先生作品中多有出现，比较少见的如“塞翁吟”“留春令”“步蟾宫”等词牌先生亦手到拈来，而更加罕见的“雪夜渔舟”“秋兰香”等词牌在先生笔下更是再次焕发出了神采，这既让我叹服于先生之词学渊博，又让我以及广大读者朋友大饱眼福，可领略中华词文化的博大精深，幸甚。先生尤擅“行香子”“相见欢”两大词牌，“行香子”属于中调，适合抒发浓烈的情感，“相见欢”属于小令，适合记录刹那的灵感，这两种词牌中产生的佳作亦多，如《行香子·二中赞歌》《行香子·古镇随想》《相见欢·立春》《相见欢·独自出门看景》等，读之如沐春风，令人心情畅快。

三、风格多元，尽显风流

词又称诗余，联也脱胎于诗，三者本是一家。南宋著名诗论家严羽在《沧浪诗话》中道：“诗者，吟咏情性也。”近代国学大家王国维在《人间词话》中道：“词人者，不失其赤子之心者也。”这些都表明写诗填词撰联，要回归本心，抒发性情，要不受羁束。先生之作品，风格多元，有豪放，有婉约，亦有寄情山水之悠闲，多为抒发内心情感的真实写照，尽显名士风流本色。下面容我就先生作品之风格再品鉴一二。

1. 得苏辛风骨，擅豪放词风

豪放派是宋代两大词学流派之一，代表性人物有苏轼、辛弃疾、贺铸、刘克庄等。清人杨廷芝在《诗品浅解》中解释豪放为“豪迈放纵”，“豪则我有可盖乎世，放则物无可羁乎我”。

先生性情洒脱，为人侠义，深得苏辛风骨，虽风格多元，但仍以豪放见长，其作品亦大多气度超拔，意境宏大。如《定风波·红棉礼赞》“绿野青山万里天，春风尽染木红棉。簇簇霞英如火焰，明艳！此番美景在人间。玉树临风无俗韵，英俊。但求风采胜从前，何怕明朝将永逝，豪气！花开花谢有因缘。”此词慷慨豪迈，蕴含哲理，读后心胸开阔，豪气顿生。如《行香子·莫负时光自风流》“似火如霞，竞放枝头。惹得行人总回眸。”“恣情嬉闹，春光正好。莫负时光自风流。惊鸿掠影，何必浇愁。”此词借花喻人，写的风流洒脱，正应了那句古话“唯大英雄能本色，是真名士自风流”。如《绘山河》“扬鞭策马上高坡，极目寒秋花谢多。待到明年春满日，我铺新纸绘山河。”先生诗笔纵横，顾盼神飞，读之豪气干云。又如《春色》“一片桃红一片梅，花仙与我饮千杯。满园春色令人醉，得意平生有几回。”此诗直抒胸臆，率真不羁，诗语“满园春色令人醉”较之俗语“酒不醉人人自醉”又更添几分生气。再如《题湛江市第二中学》“杏坛夫子传承圣学儒风，矢志毓人成大器；桃苑书生研习文韬武略，精忠报国振中华。”此联语调铿锵，气势恢宏，寄语师生修身报国，正能量满满……品读先生豪放之作，眼前忽浮现《吹剑续录》中的一幕，“东坡在玉堂，有幕士善歌，因问：‘我词何如柳七？’对曰：‘柳郎中词，只合十七八女郎，执红牙板，歌杨柳岸晓风残月。学士词，须关西大汉，执铜琵琶，铁绰板，唱大江东去。’公为之绝倒。”我亦为之绝倒矣。

2. 继易安绝学，续婉约遗风

婉约派是宋代两大词学流派之一，“婉约”一词最早见于《国语·吴语》：“故婉约其词，以从逸王之志。”婉约，即“婉转含蓄，其特点是侧重描写儿女风情，其结构深细缜密、音律婉转和谐、语言圆润清丽，有一种柔婉之美。”其代表性人物有李清照（字易安）、李煜、柳永、秦观等。

先生虽以豪放词风见长，但其婉约词亦造诣颇深，其婉约之作赓续易安遗风，深得婉转轻柔之美。如《如梦令·醉了青衫红袖》“春远丝丝雨后，万里山河碧秀。执手与君游，飨醴赏花看柳。文酒，文酒，醉了青衫红袖。”此词以春游为主线，通过执手、飨醴、赏花、看柳、文酒等人物行为将时空串联，“醉了青衫红袖”为神来之笔，读之清雅可人，一幅“雨后春游图”跃然纸上。如《千秋岁·送君十里》“送君十里，古道长亭外。雁渐远，声声碎。云随车马去，回望秋风起。残阳处，寒霜未至花先坠。灯影空相对，一盏人醺醉。红袖瘦，容憔悴。夜阑身困倦，心乱无眠意。缘何是，去年今日曾相似。”此词上阕通过雁渐远、声声碎、秋风起、花先坠等景物描写，描绘出送君十里的难分难舍，下阕通过红袖瘦、容憔悴、身困倦、心乱无眠等人物描写，勾勒出别后的相思之苦，上下阕各有侧重却又衔接自然，通篇气韵流转，读之令人心有戚戚焉。如《清平乐·寒雁孤声远》“岁暮向晚，寒雁孤声远。独倚画轩看稚犬，嬉戏庭前后院。门外大雪雾霏，村边古渡稀微。羞问匆匆归客，官人何故归迟。”此词笔法新奇，一半笔墨用于刻画环境的孤寂凄冷，另一半用于刻画少妇祈盼官人早归的行为神态，两者交错交融，相互衬托，点睛之笔为一“羞”字，深得易安词婉约之美，易安有词《点绛唇·蹴罢秋千》，“见客入来，袜刬金钗溜。和羞走，倚门回首，却把青梅嗅。”

两者皆通过“羞”字将女子天真烂漫的神态描绘的惟妙惟肖。又如《秋兰香·乡愁》“最忆童年，乡里故事。田间牧马骑牛，湖边追彩蝶，坡地捕山鸠。绿河上，划一叶轻舟，击流欢笑无忧。却牵虑，激湍凫鸭，落水蛾蜉。独在异乡秋后，叹半世人生，岁月如流。到如今、倚杖上西楼，凉风起荒畴，云杳月寒，寥寂清幽。有老酒，无人同饮，怎解乡愁。”此词上阕写儿时故乡欢乐之景，下阕写如今思乡之愁，欢与愁的对立，童年到半世的转变，娓娓道来，一缕乡愁自心底油然而生。再如《最美玫瑰——赞捐赠抗疫物资的爱心人士》“赠送玫瑰犹恐迟，馨香一片化成诗。轻轻挥手转身去，正是人间最美时。”此诗将捐赠抗疫物资比喻为赠送玫瑰，将爱心比喻为花香，整体构思巧妙，用词婉约，尾句升华主题，带给人无限的遐想。

3. 具摩诘三昧，抒山水情怀

山水田园诗派，是以描述山水风光和田园生活为主要内容的诗歌流派，可细分为山水派和田园派，山水派鼻祖为南北朝大诗人谢灵运，田园派鼻祖为“隐逸诗人之宗”陶渊明，直至唐朝“诗佛”王维（字摩诘）和“诗隐”孟浩然横空出世，山水田园诗派终发展至顶峰，其中尤以王维为山水田园诗派之集大成者。

先生心胸豁达，为人上善，对山水胜景尤为喜爱，对田园生活十分向往，故其作品亦深具摩诘三昧，多有寄情山水、乐归田园之作。如《行香子·九州春色》“一路繁花，百鸟欢声。只缘是、万物苏醒。九州春色，万里天晴。有云之绮，花之艳，柳之青。凭阑独坐，迎风高咏。愿遨游、化作雄鹰。临崖看瀑，隔岭观亭。盼山长秀，水长绿，国长兴。”此词通过描写山水胜景和人物愿景，展现了九州春色之美，全词视野开阔，跌宕有致，尾句由祈盼山水之秀，升华到祈盼国之长兴，体现了先生赤诚的爱国主义情怀。如《浪淘沙令·黄鹤起江洲》“黄鹤起江洲，万里云浮。白云黄鹤两悠悠。绿水渺茫无尽处，无数轻舟。千载一回眸，满眼清秋。似闻崔颢又重游，遥望鹤踪吟旧句，哪有新愁。”此词为黄鹤楼抒怀之作，全词无一“楼”字，却把黄鹤楼登临望远之景和黄鹤楼千年传说之美展现得淋漓尽致，一座悠悠的黄鹤楼如在眼前。如《鹧鸪天·山乡美》(钦谱)“风过坝田稻花香，云浮山半白鹇翔。层林石径溪泉岸，幽巷平房谷酒坊。坐庭院，看斜阳，炊烟袅袅柳鸳鸯。村郊渐晚蛙欢叫，几缕清香萦梦乡。”此词以山乡之景状山乡之美，言为心声，笔寄情怀，体现了先生对美好田园生活的向往。又如《湛江二中校园春景》“一曲清溪，两岸柳新绿；半湖斜照，满亭天晚红。”此联对仗工整，用词考究，通过曲、清、斜、满、新绿、晚红等优美的字词，生动地描绘了湛江二中校园春景，抒发了先生对“诗意二中”的热爱之情。再如《题〈山水唱晚图〉》“夕阳云彩映崇山，碧潋清流几道湾。愿住溪边听晚唱，轻舟垂钓水云间。”此诗用词明快，情感真挚，虽写眼中之景，实写心中之景，透露出置身山水间的喜悦，亦展现出诗意栖居的愿景，读来让人心境悠然，在诗意中徜徉。

先生的诗联选《醉了青衫红袖》，不仅包含了其近年习作近300首，也包含了湛江二中教育集团六个校区的师生根据其作品创作的书法、绘画作品近60幅，这本诗联选，从诗联作品到书画创作到封面题字再到编辑校对，都由二中师生自主完成，这是一本纯粹的校园诚意之作，这种纯粹，是中华优秀传统文化在校园传承的高度融合，这种纯粹，是上善若水二中人通力合作的心血结晶，这种纯粹，在全国或属首创。

能为先生这样一本诗联选作序，我深感荣幸。从先生诗意的长河中，我粗略地撷取了几朵浪花，加上我个人粗浅的一点感慨，呈现给广大读者朋友，这点感慨，不足以道尽先生的诗意人生，先生作品中的金戈铁马、浅斟低唱、大好河山……还有待大家用心去品读，去发现，去欣赏。最后，奉上拙作一首，既表对先生的敬仰之情，亦为《醉了青衫红袖》付梓而贺。

贺杨耀明先生诗联选《醉了青衫红袖》付梓

策马飞觞胆气豪，吟鞭万里接云涛。
不求闻达求风雅，诗出三江品自高。

二〇二二年秋于烟雨楼

心之所好，行之所向

◎ 胡琼德

戊申（公元2022年）秋，与先生偶遇，言之诗作付梓，属予为文，吾战汗淋漓，不胜惶恐。然长者有令，却之不恭，乃欣然应之。因能力所限，吾不敢妄论其大著之高低。吾曾有幸与学诗律词体，并拜读其诗作，思虑再三，或可斗胆略述一二。

先生诗艺精进，速也。壬申（公元2019年）至今，裁短三年。然其造体，自“古风”及符合格律体式，时仅半载；至辞情自然通达，无纤毫矫厉造作之态，不臆造雕琢，偶成佳句，似有天纵之工，时不逾年。

先生笔耕不辍，勤也。先生往往昼忙于公室，夜耕于诗田。古人云：“吟安一个字，捻断数根须。”其或甚于古人。常为一字，反复改修，甚至于鸡鸣。或推敲数月，乃至数年不止。

先生灵感常至，速作速成，著作丰也。或遇视察，即以为诗；或逢节假，更引诗情，一日竟可成诗近十篇！吾退而思之，其为骚人乎？其为校长乎？诚为校长一职所误之文人骚客也！

是以仅三年有余，先生诗篇既已三四百矣，可辑成集。吾贺之，更深思之。诗中苦辛，人情有所不能忍，然先生竟乐此不疲，何也？

夫学之一途，在于执。执之一源，一曰职，一曰痴。职者，分内之事，责无旁贷也。痴者，迷也。迷者，心之所好，欲罢不能也。谚云：“惟爱好，可抵岁月漫长。”子曰：“好之者不如乐之者。”于此推之，先生之于诗词，宜非一时心之血潮，或为领社一职之所驱，或多为心之雅好之所使。故能忍人之不能忍，为人之不能为，成人之不能成，乐其所乐也。此诚为后学者不可不学也。

壬寅年秋于品茗轩

《醉了青衫红袖》自序

◎ 杨耀明

余虽雅爱诗词，然耽于学业公务，数十年无所述作。近年偶因良契而忝为风雅，吟诗填词对联；今亦因良友之力主，拟出诗联选，实乃不可思议也！

戊戌（公元2018年）元夕，余当值于黉堂，但见黄花风铃盛放，即以手机拍一美图，信手发于校务群，乃引同仁之盛赞，甚或吟诗为对，兴盛至哉！翌日，余亦为一古风诗相和，顺祝同事亲友祺安。是日，得复见同仁钢坪诗。说来有愧，虽同执事，然未及相识，后经问讯，始知其执教数学，长于风骚，时颇奇之，此事窃以为止于此矣。岁晚，钢坪至，谓已有二中诗群，倡议今宜结社，以响应中央之号召，促诗词入黉堂，余以为善，爽速应之，孰知其竟“得寸入尺”，望余任社长一职，余以未曾作诗词相拒。对曰：“校长领社，一则重视，二则工作之便。”余以为然，欣然应之，以感其诚，旌其志。

社既结，月皆开展社友同题之创作，余亦无迫压之感。初一二期，唯乐观火盛。后压力日增，暗自忖之，余领社，不作诗填词，无补无益于社，何堪厚任？亟学之，先作古风，不意后遂一发不可收。然公务繁杂，每晚间寂室冥思，或至于三更。日积月余，拙作渐丰。所以持之以恒，诚赖师友敦促也！

古人云："书赠同怀人，词中多苦辛。"诚不欺也。然余以为，作诗亦实为一乐。何以言之？每草成自谓良词或好句，便自得其乐，若得人有心或无心而赞之，亦能陶醉少间，或自飘然。然此乐亦仰诗友之力矣！何也？余有同事兼诗友钢坪与琼德不吝指教。每诗成，即询之咨之，亦多受教，乃良师益友也！

先结二中诗社，后成湛江市诗词楹联研究会，推中华诗联入校园，升师生之文化自信，养师生之才情远识，思勉力匡襄，亦得其功德：湛江市第二中学现为"中国楹联教育基地""广东岭南诗社诗词传习基地""广东省楹联文化教育基地""广东中华诗词学会团体会员""湛江诗社诗词传习基地""湛江市诗联文化教育基地""《中华诗词》湛江发行站""《诗词月刊》工作站"，乃广东省第一家以"诗词楹联"为传承项目之"广东省中小学中华优秀传统文化传承学校"（广东省教育厅授予）。辛丑（公元 2021 年），荣登"全国楹联教育精英榜"（为粤省唯一榜上有名学校）。《上善情抒诗词选》《九州春色诗联选》与校本教材《诗联格律讲堂》业已付梓传世。

本校师生，曾据余诗联，或和之音韵，或绘其意境，或挥毫泼墨。之所以结集付梓，徒以众行乐且远，故请读者勿误为夸艺炫技而责某"胡不责徒以古典诗词"为幸。余私以为，道由人弘，法待缘显，余为其师其友，绝无古人之遥远，故更能令其亲近，何不尽一份熹微之责，一道传承中华之优秀文化乎！

拙著幸得赵维江先生、孙钢坪先生、胡琼德女史惠题令序，赞誉良多，实乃鼓舞之至，获益甚多，在此少致区区，感慰切谢。拙著又得曾鉴先生惠题书名，一并致谢。感铭之余，余亦深愧之。余知之，拙作一旦面世，必留口实甚多，尤体犹未备，诗律不齐，将贻笑大方矣！然亦应有方家指教，以期日后诗艺略有所进，斯亦足矣！

自结社至今，仰赖中国楹联学会、中华诗词学会、广东岭南诗社、广东楹联学会、广东中华诗词学会、湛江诗社力助，特此感谢！于此，一并谢过邹公继海、周公达、曾公建国、郭公友琴、刘琴宜女史、容公启东、张公汉松、潘公嘉念、冼松青女史、陈公传添、陈公章智、莫公延昌、黄公治武、曹公瑞宗、冯公伟、郑公晓晖、莫公真荣、冯公文铸，同事诗友钢坪先生、琼德女史，所有参与本书编辑的同事，所有参与本书书画创作摄影的师生及所有敦劝之友！

二〇二二年秋于三江斋

目录

醉了

青衫红袖

杨曜明诗联选

ZUI LE
QING SHAN
HONG XIU

词

海弄珠

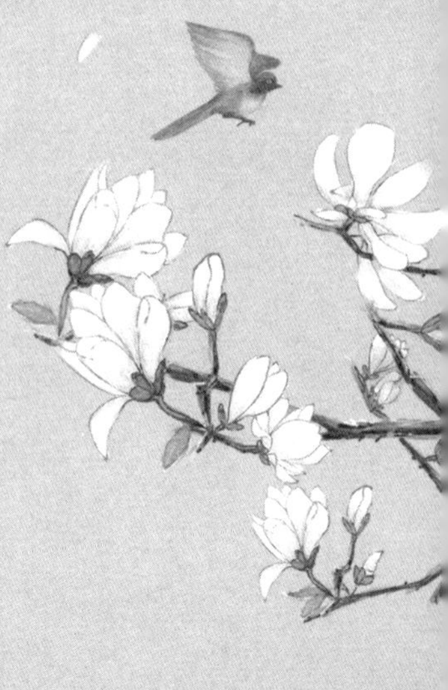

行香子·九州春色

一路繁花，百鸟欢声。只缘是、万物苏醒。九州春色，万里天晴。有云之绮，花之艳，柳之青。

凭阑独坐，迎风高咏。愿遨游、化作雄鹰。临崖看瀑，隔岭观亭。盼山长秀，水长绿，国长兴。

湛江市第二中学高一（5）班　王赞博　画

如梦令·醉了青衫红袖

春远丝丝雨后，万里山河碧秀。执手与君游，飨醴赏花看柳。文酒，文酒，醉了青衫红袖。

秋兰香·绝尘秋兰

地冻天昏，花谢叶落，西风漫卷云烟。空山无鸟叫，疏竹挂寒蝉。寂寥处、多乱草枯蔫，有溪清浅潺潺。树林下，暗香浮动，剑叶幽兰。

纵使晚秋霜降，亦怒放芬芳，似蝶翩翩。那风霜、悉与你无关。缘何这人间，多少俗夫，总是心烦。问世上，谁能如此，远避尘喧。

浪淘沙令·黄鹤起江洲

黄鹤起江洲，万里云浮。白云黄鹤两悠悠。绿水渺茫无尽处，无数轻舟。

千载一回眸，满眼清秋。似闻崔颢又重游，遥望鹤踪吟旧句，哪有新愁。

注：崔颢作《黄鹤楼》闻名于世，后无来者。

卜算子·巷树残花

黄昏鸟归鸣，夜冷窗台静。寂寞庭前闻琴声，不见愁人影。

漏断挑灯明，卧榻衾冰冷。巷树残花随风飘，落满清幽径。

鹧鸪天·山乡美（钦谱）

风过坝田稻花香，云浮山半白鹇翔。层林石径溪泉岸，幽巷平房谷酒坊。

坐庭院，看斜阳，炊烟袅袅柳鸳鸯。村郊渐晚蛙欢叫，几缕清香萦梦乡。

湛江市二中海东中学　颜黎黎　画

蝶恋花·春暖

碧嶂连绵云渺渺。寂静林中，蝶舞新莺叫。春暖踏青人赶早，只缘春后花容老。

坐看亭旁修竹俏。雨后清风，吹绿崖边草。谁说人生多苦恼，天高云淡心情好。

阮郎归·西北狼

朝生寒意晚来霜，乌云蔽夕阳。骤然沙走暴风飚，鹰飞马脱缰。

天渺渺，地茫茫。独行西北狼，仰天长啸过山冈，逆风追月光。

少年游·还是少年时

黉门桃李美如诗，竞艳恐春迟。两岸轻风，一溪新柳，归鹤歇繁枝。

坐看湖亭言初见，夕照泛涟漪。七老八十，一颦一笑，还是少年时。

注：陪二中校友游聚贤亭有感。

千秋岁·送君十里

送君十里，古道长亭外。雁渐远，声声碎。云随车马去，回望秋风起。残阳处，寒霜未至花先坠。

灯影空相对，一盏人醺醉。红袖瘦，容憔悴。夜阑身困倦，心乱无眠意。缘何是，去年今日曾相似。

鹧鸪天·一望荷花接碧天

一望荷花接碧天，小鱼戏叶到桥前。静听短笛陪渔客，坐看轻舟采玉莲。

榕树下，柳溪边，挥毫砚墨画新蝉。炊烟袅袅斜阳处，疏影清风入竹轩。

湛江市二中海东中学　钱伟群　画

秋兰香·乡愁

最忆童年，乡里故事。田间牧马骑牛，湖边追彩蝶，坡地捕山鸠。绿河上，划一叶轻舟，击流欢笑无忧。却牵虑，激湍凫鸭，落水蛾蜉。

独在异乡秋后，叹半世人生，岁月如流。到如今、倚杖上西楼，凉风起荒畴，云杳月寒，寥寂清幽。有老酒，无人同饮，怎解乡愁。

满江红·忠义长坂坡

秋末冬初，黄昏里，哭声遍地。长坂坡，曹兵奄至，望风披靡。二十骑沙尘骤起，五千虎豹心生忌。执长矛，立马断桥前，张飞计。

人哀叫，戎马毙，悲风吼，愁云起。常山赵子龙，何惧生死，杀入重围扶幼主，当阳一战垂青史。古三国，豪气荡千秋，缘忠义。

清平乐·寒雁孤声远

岁暮向晚，寒雁孤声远。独倚画轩看稚犬，嬉戏庭前后院。

门外大雪雰霏，村边古渡稀微。羞问匆匆归客，官人何故归迟。

惜分飞·相忆去年惜别

静寂江边风冷冽，满野寒梅香彻。手执笼衣箧，夕阳渡口，人孤孑。

再见已是中秋月，相忆去年惜别，羞笑红颐靥。戏称枫叶，如红蝶。

相见欢·拾花香

一身红袖新妆，上山冈。僻静林间小道，正骄阳。

执青伞，挽裙缎，拾花香。树下临风听鸟，制香囊。

湛江市二中海东小学五（5）班　陈思婷　画

如梦令·惊起满湖飞鸟

清晓雨烟袅袅，柳下悠然垂钓。忽见疾舟来，惊起满湖飞鸟。罢了，罢了，闭目静听鸟叫。

渔家傲·夜半钟声心烦恼

夜半钟声心烦恼，蒙蒙入睡鸡欢叫。起早爬山抄近道。抄近道，为看美景今来早。

几度轻寒秋已到，寒林深处人稀少。昨日红花应已老。应已老，秋天怎比春天好。

卜算子·荣槁平常事

钟响幽林间，雁落寒山寺。绿叶缘何随秋少，只挂红山柿。

草木皆有时，荣槁平常事。待到来年花万千，又见春风至。

留春令·春随风至

暮冬刚过，百花娇艳，绿荫长迤。望尽青山绕浮云，雁振翅，随风至。

万里千红连晴翠，正值春光美。何不寻诗向天吟，寄雅意，明心志。

行香子·古镇随想

青瓦灰墙，小舫轻舟，古街石径巷清幽。歌轻花艳，酒烈情柔，欲举金觞，赏金桂，醉金秋。

斜阳暖暖，炊烟袅袅，柳垂风轻鸟悠悠。鸡鸣屋后，鱼逐溪流，愿天无灾，人无祸，世无仇。

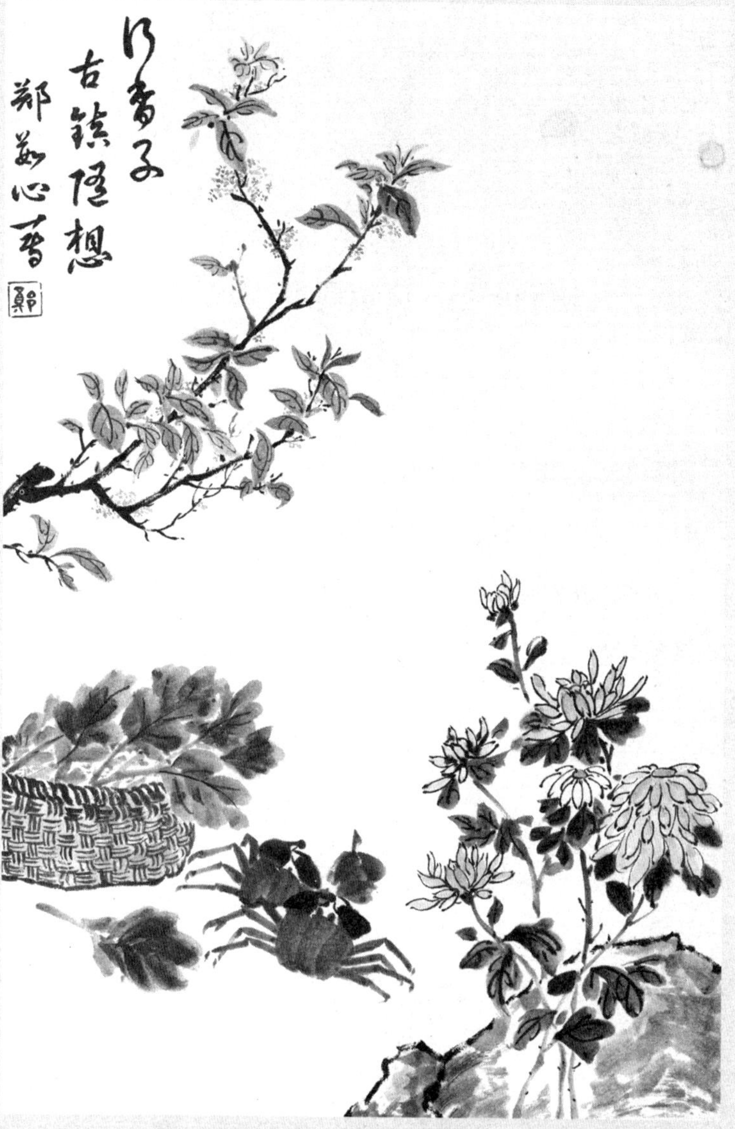

湛江市第二中学高一（29）班　郑茹心　画

行香子·莫负时光自风流

似火如霞，竞放枝头。惹得行人总回眸。迎风璀璨，洒脱清遒。感平生志，花争艳，叶争留。

恣情嬉闹，春光正好。莫负时光自风流。惊鸿掠影，何必浇愁。看花缤纷，心无欲，树无忧。

一剪梅·春色浓时

枫叶缤纷见暮秋，风卷残云，星月飞流。静怡冬去惠风来，春色浓时，绿满吟眸。

相约江湖笑傲游，侠侣神雕，夫复何求。此情此景欲难收，才到清秋，已备兰舟。

鹧鸪天·游聚贤亭

风轻云淡艳阳天，湖亭幽处百花妍。数枝竹影斜亭外，一树蝉声悦耳边。

立湖畔，看风涟，双双彩蝶戏红莲。黉门烟柳添新色，故地清华胜旧年。

注：广州市湛江二中校友会为母校捐建的“聚贤亭”近日落成，陪同校友们畅游聚贤亭有感，遂作词以记之。

相见欢·独自出门看景

窗前雨后蜻蜓，舞风轻。独自出门看景，竹中亭。

小石径，林幽静，鸟穿行。湖岸白云倒映，得攖宁。

破阵子·上善篇

草绿青花鲜艳，鱼悠游鸟飞旋。杨柳睡莲榕树道。流水溪桥桃李园。美哉信步间。

大舞台多精彩，小才艺敢争先。立德有方传圣道，润物无声育俊贤。二中上善篇。

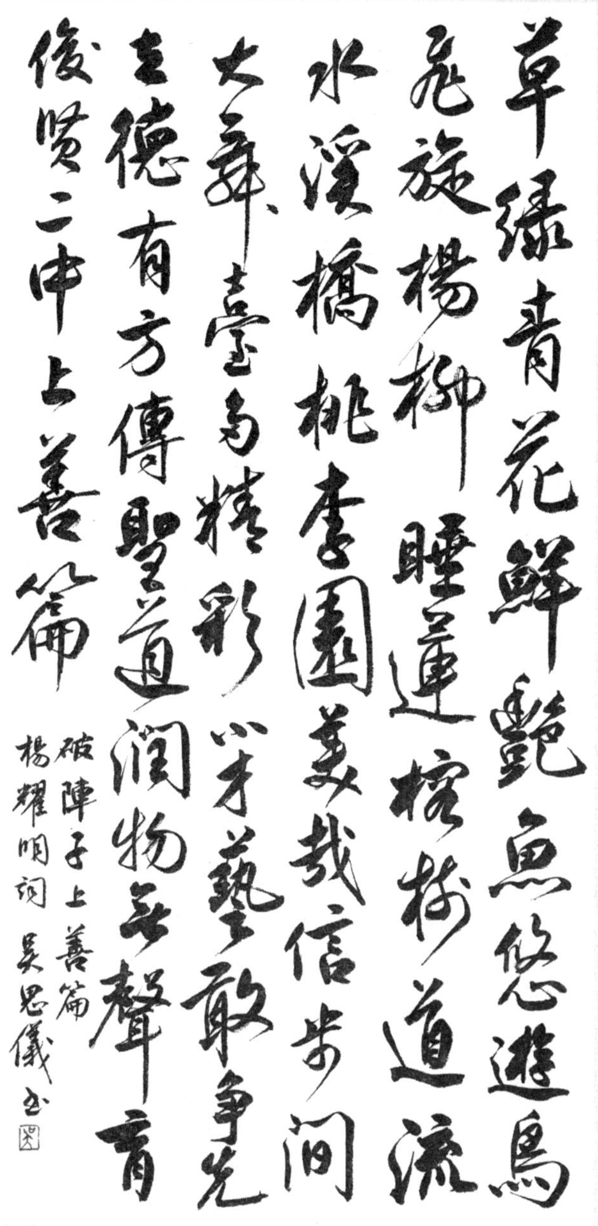

湛江市第二中学高二（31）班 吴思仪 书

临江仙·春色撩人

逢春枯木青芽嫩，溪苔碧草绒绒。复苏万物水叮咚。雪融鸭爱动，顺水觅春踪。

莺歌燕舞撩人醉，垂杨飘绿春浓。绵绵细雨蝶随风。百花争斗艳，齐放更雍容。

破阵子·大雅篇

碧水清山常绿，鱼嬉鸟乐喧欢。城邑虹桥云厦壮，乡社和风杨柳烟。神州新纪元。

一路携朋共建，沿途联手迎前。宏伟蓝图描绘就，烂漫山花争斗妍。世间大雅篇。

江城子·深秋晚景

堤岸杨柳烟蒙蒙，野芳丛，挂残红。云中归鸟，山道少人踪。树下秋虫惊落叶，斜阳处，起西风。

念奴娇·满城灯火相映

月圆月缺，诉衷情，自古常有诗兴。风雅文人，秋月夜，多少孤单身影。举酒无言，抚琴高处，却说寒难胜。只缘悲月，不知星灿美景。

今夜又值中秋，恰逢大盛世，菊梅相竞。皓月当空，遥望处，一派人间仙境。骚客凡夫，多闲情逸致，踏歌轻咏。登楼同看，满城灯火相映。

卜算子·临一湾银滩

临一湾银滩，醉听渔舟笛。海燕乘风追落日，晚唱斜阳汐。

登千仞险峰，飞瀑争流急。烂漫红花添景色，秀丽娇如画。

湛江市二中海东中学　孟磊　画

卜算子·燕归来

庭前花斗妍，雨后天辽远。燕子归来溪轻寒，柳绿春风软。

衔泥入屋檐，故里情难断。万水千山路遥遥，不负今生恋。

相见欢·静夜数繁星

残花黄叶流萤，落池亭。静夜品茶遐想，数繁星。

人渐老，岁月好，怎生惊。故友偶来谈笑，叙前情。

相见欢·冬至

斗星指北初阳，雪花飏。万物渐醒泉动，水冰凉。

冬至面，饺子宴，满城香。鼓瑟吹笙祈福，庆年祥。

更漏子·秋

秋风凉，稻谷熟，田野芬芳鲜馥。斜阳处，鸟儿飞，风轻杨柳稀。

青毛竹，遮木屋，屋后二三牛犊。石桥下，小清溪，溪清鱼蟹肥。

踏莎行·春之韵

绿柳轻飘，黄莺欢叫，桥边花艳游人笑。湖中锦鲤戏红莲，凭阑远眺湖烟渺。

石涧泉清，松涛岩峭，树荫疏影苔茵道。空山飞瀑谷幽深，云岚如缕崇山绕。

湛江二中港城中学　卜骁冠　画

阮郎归·窗前细雨远山蒙

窗前细雨远山蒙，闲庭望霭空，小桥幽径访春踪，笑看花艳红。

蕙风送，启程中，运筹已在胸。千锤百炼焠刀锋，华山论俊雄。

注：寒假结束回校上班有感。

行香子·一生情愿

春晓栽桃，秋暮培英，三尺讲台一生情。惠风化雨，润物无声。愿授文意，传文道，养文明。

灯稀人静，星朦月霁，喜看黉堂夜安宁。青丝难再，夙志长铭。盼书生好，先生乐，我生荣。

蝶恋花·兰菊香如故

萧瑟秋风摧柳树，残叶低飞，飘落斜阳处。野外霜寒花谢去，堂前兰菊香如故。

春去秋来朝又暮，无酒欢时，作赋吟佳句。卧看小猫追老鼠，逗孙学语添情趣。

塞翁吟·冬后春光暖

冬后春光暖，又见柳嫩花红。两三蝶，逐东风，落入绿丛中。村边笛响牛羊叫，垄上几只蜗虫。二月二，草茸茸，秀峰渐菁葱。

蒙蒙。绵绵雨、陂田远处，榕树下，蓑衣老农。话世道，风和景好。待明日，稻熟瓜香，畅饮三盅。邻村近舍，鼓瑟相闻，乐也融融。

定风波·红棉礼赞

绿野青山万里天，春风尽染木红棉。簇簇霞英如火焰，明艳！此番美景在人间。

玉树临风无俗韵，英俊。但求风采胜从前，何怕明朝将永逝，豪气！花开花谢有因缘。

湛江二中港城中学　卜骁冠　画

沁园春·梦回雨巷

深巷斜阳，空阶积叶，往事悠悠。过骑楼石径，灰墙绿瓦，偶闻鸟叫，常有虫啾。庭院深深，朱门紧锁，不见游人登阁楼。朦胧处，如昔时春雨，又落心头。

初春犹似寒秋，潇潇雨，风轻柳色柔。那红衣少女，手撑花伞，临檐掬雨，袖湿何忧？木屐声声，历阶而上，微步姗姗屐似舟。倚门柱，似闻人轻唤？浅笑回眸。

行香子·春分

云碧山青，水暖天晴。大地苏醒草菁菁，风柔竹逸，万紫芳馨。正春初浓，树初绿，物初荣。

今时又见，雄鹰展翅。彩蝶翩翩过花亭。牛耕田野，笛起溪泾。有江之舟，桥之影，柳之汀。

青玉案·人间好景

一年好景随春至，百花艳，千山翠。远在他乡常记起，柳青溪暖，和风故里，绿草长坡地。

那时不觉云多美，只盼天天有惊喜。最爱人间烟火味，时常大笑，偶然落泪，赊酒求心醉。

满江红·越王城上思吴越

东海茫茫，千里岸，波涛如雪。固陵港，越王城上，悠悠明月。曾记否吴兵堵截，馈鱼退敌真豪杰。可料到，临水顾萧然，君臣别。

寒风起，湘湖冽，霜花染，催红叶。勾践尝悬胆，心坚如铁。吴越春秋俱往事，沉鱼西子成贞烈。而今日，谁不忆夫差，缘何灭。

相见欢·立春

立春出外闲游，泛轻舟。燕舞红花黄柳，染汀洲。

新雨后，遍地走，是耕牛。村后山前田里，绿油油。

注：农谚——“立春耕牛遍地走”。

湛江市第二中学霞山校区七年级（2）班　庞家欣　画

青玉案·秋暮

残花枯叶迎风舞，岁将尽，天蒙雾。渺渺寒江谁在渡，孤舟独橹，蓑衣渔父，几只江中鹭。

斜阳渐落天垂暮，清浅溪流竹林伫。闲坐亭前遥望处，成排老屋，两行古树，寂寂乡村路。

行香子·黉学风雅

黉学千年，文化流源。填韵律，师友斟研。挥毫抒意，上善情缘。看耕耘忙，你心喜，我心宽。

悠悠风雅，鸣弦今唱。育新芽，欣盼高贤。赋词美咏，趣逸情闲。赞诗坛兴，众人贺，世人宣。

注：祝贺湛江二中诗社成立和《上善情抒诗词选》出版。

鹊桥仙·道声好方知情重

寒风残柳，白云孤雁，村外江河冰冻。只身离别笑情浓，该应是、少年懵懂。

花开花落，月圆月缺，岂说人生如梦。半生归去再相逢，道声好、方知情重。

相见欢·童年如歌

钓鱼追蝶骑猪，坐牛车。捏着五分一角，逛村墟。

掏树鸟，学狗叫，打波珠。家里珍藏几本，小人书。

西江月·涛声依旧

柳影小桥古渡，鸿声夕照荒洲。潮平两岸几沙鸥，鸥过后鱼相逗。

泛起波光一片，映樯帆荡轻舟。任凭风急起横流，还是涛声依旧。

湛江二中港城中学　卜骁冠　画

相见欢·演绎人生精彩

三千学子争雄，艺才通。演绎人生精彩，十年功。

笛韵响，歌嘹亮，舞随风。学苑初春桃萼，万枝红。

注：记我校学生社团节活动。

南乡子·猪拱财源贺瑞年

春到景争妍，贴画张灯鼓乐喧。亥岁迎来花吐艳，宁殷，猪拱财源贺瑞年。

鞭炮响连连，千里游儿伴侣还。闲晏细言人世事，心宽，慈母新禧尽笑颜。

惜分飞·宽袖因人瘦

鸿影惊飞桥渡口，正是秋深风骤。又见依依柳，雁随舟去，时回首。

夜寒缘何离别后，冷了半壶老酒。浅醉犹文绣，笑言宽袖，因人瘦。

唐多令·少年强

轻棹过长江，白鸥踏浪翔。彩云飘，两岸渔乡。烟翠中千峰百嶂，似骏马、舞刀枪。

赤壁虎旗飏，临风英俊郎。旧战场，江水茫茫。欲想国安能鼎立，终归要、少年强。

相见欢·秋分

中秋祭月前堂，菊花黄。细看梧桐枫叶，傲秋霜。

摘苋菜，吃肥蟹，桂花香。一夜秋风秋雨，满城凉。

注：秋分，古称祭月节（中秋节）。

湛江市第二中学霞山校区七年级（2）班　朱家睿　画

雪夜渔舟·岁暮雅志

雨初歇，郭外已凄清，又飘新雪。天色蒙蒙，山亭冷远。江上尽无舟楫，寒梅清绝。近岁暮，朔风严冽。忽然方觉，今番冬景，最如年节。

马疲人喜悦，但求归家后，再无离别。纵使平凡，心安志雅，少有水寒风烈。老来意惬，听听曲，养花栽桔。儿孙绕膝，围炉文酒，饭香茶热。

十六字令·聚贤亭

亭，影入湖中水碧清。斜阳外，鸟语和蝉声。

行香子·二中赞歌

桃李芬芳，万物峥嵘。二中里、百鸟争鸣。一溪春暖，满眼葱青。有岸边柳，湖边草，树边亭。

黉门俊杰，书生意气。为明天、踏上征程。迎风策马，戴月披星。看盘如龙，动如兔，搏如鹰。

清平乐·盼归

严冬岁暮，风啸兼微雨。月照江中船泊渡，惊起岸边寒鹭。

念及家里顽童，屋内乐逗太翁。是否新符门外，已挂一盏灯笼。

相见欢·立夏

山前幽径湖亭，捉蜻蜓。屋后树阴竹影，听蝉鸣。

麦田地，萤火美，映星星。半夜雷霆疾雨，打莲萍。

湛江市第二中学霞山校区七年级（2）班　庞家欣　画

探芳信·返乡

返乡去。绿柳荡春风，絮飞蝶舞。看远山近水，清新又如故。天高云淡心情好，笑语招人妒。可曾思，故里重回，却生情愫。

邻里筑新府，旧阁那女孩，早为人妇。往昔风花，有人说，却难悟。那年离别犹年少，马疾人欢绪。到今时，落下情丝几缕。

渔歌子·水乡

夕照山下映炊烟，袅袅荷风过溪田。石桥下，水涓涓，采莲轻舟到家前。

捣练子·月当空

城内外，月当空，庭院林梢起冷风。今夜有人难入睡，抚琴独饮向蟾宫。

采桑子·大美西湖

星罗胜景西湖美，水秀山青。柳岸湖亭，桥下轻舟短笛声。

无人不说西湖好，鹤起烟汀。雨过天清，四季如春万物兴。

鹧鸪天·中秋盼归期

——题明月飞瀑图

一轮明月照冰蕤，半帘秋意起遐思。昨天美酒心犹醉，今日香茶情更痴。

盼相见，忆离时，遥遥千里数归期。清风杨柳知人意，只恐兰舟耽搁迟。

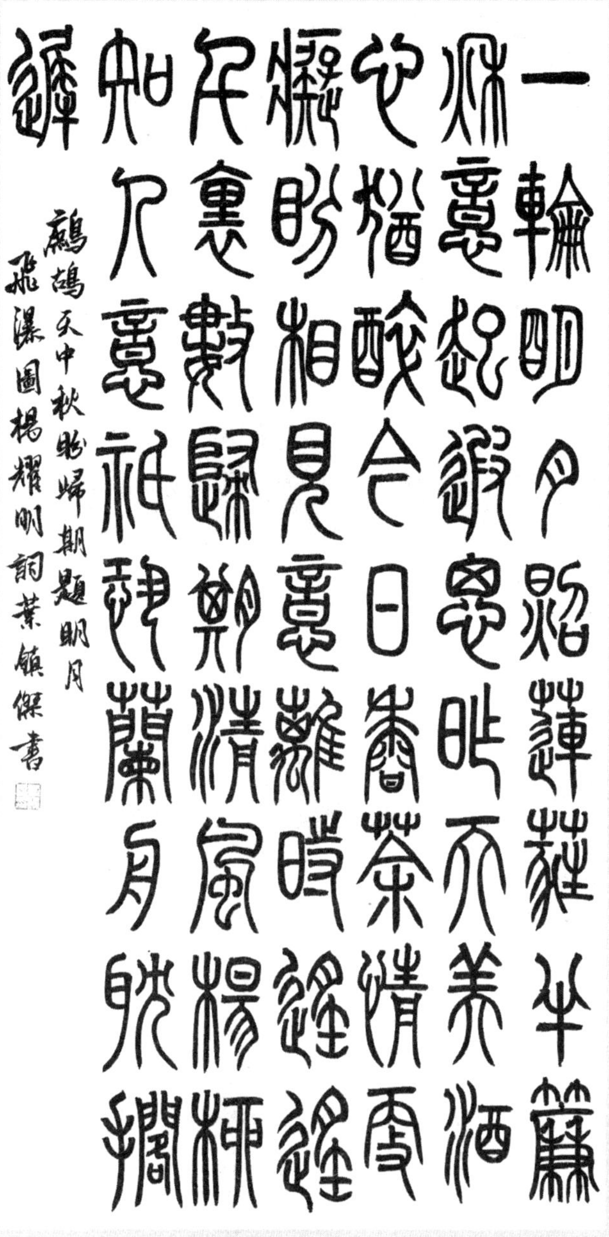

湛江市第二中学高二（29）班　叶镇杰　书

江城子·映山红

秋暮秋霜染秋枫，总相同，又近冬。岁月静好，独自在山峰，望尽天边风景好，斜阳里，映山红。

行香子·螺岗闲情

半岛葱茏，小镇螺岗，瓜甜果红野花香。石桥幽径，老井磨房。看湖中鱼，云中鹤，鹤翱翔。

偷闲清晓，人随心走，恨怨痴情两相忘。朝迎日照，晚数荧光。正舟同游，人同乐，乐安康。

行香子·瑞雪丰年

瑞雪丰年，除夕炊烟，爆竹声声暖寒天。堂前祭祖，门外张联。又逛花市，买花菊，惜花缘。

天伦之乐，全家老少，看戏听曲夜无眠。迎春守岁，祈福新年。愿家同富，人同好，世同欢。

步蟾宫·临窗望月

半山枫叶红妆季，庭院里落花满地。清风陪雁带情思，暮秋后官人未至。

独斟犹忆离愁泪，欲酣醉长亭相会。虫声切切夜寒时，望月缺心烦难睡。

相见欢·故乡行

——依韵胡琼德老师故乡行

村头苍劲双榕，几顽童。祠院垄田山麓，绿葱葱。

少年别，重逢悦，话情浓。笑约放牛垂钓，酒千盅。

湛江市二中海东小学四（4）班　刘锦宇　画

清平乐·再上高楼

都说春好，雀跃天尚早。一树轻烟寒未了，花已随风早到。

今日挥斥方遒，回望岁月悠悠。明日仍须努力，方可再上高楼。

相见欢·二中男篮夺冠

男篮逆境争游，出奇谋。队友心神领会，妙传球。

夺冠后，心依旧，上层楼。他日沙场再战，竞风流。

相见欢·开学了

燕欢蝶舞天晴，柳风轻。碧水白云绿树，小园亭。

百花笑，开学了，却安宁。忽尔校园响起，读书声。

行香子·人立山巅

人立山巅，倚坐亭前。凭栏处，极目长川。骄阳直照，九曲江湾。有望江楼，江边柳，远航船。

独行山下，回望峭壁。见此峰，一片云烟，似闻鸟叫。应是飞鸢，入幽林中，孤寺里，白云间。

蝶恋花·寒月清辉

只影又随思念久。寒月清辉，冷了壶中酒。却盼秋风邀故友，去年欢宴今依旧。

舞女玉箫撩彩袖。独坐无言，孤雁鸣枯柳。萦梦亭轩同聚首，酣歌犹在深宵后。

湛江市二中海东小学　宋晓燕　画

相见欢·和韵

洲中君子之逑，和雎鸠。吟诵千年绝句，岁悠悠。

平仄韵，循古训，到今秋。寻觅诗词雅颂，上西楼。

诉衷情·冷清秋

烟雨，山路，天向暮，冷清秋。无乐趣，归去，免生愁。

携酒上江楼，回眸，才知春日鸥，歇沙丘。

唐多令·闹元宵

烟火照清霄，儿童唱楚谣。摘青葱，喜上花桥。望尽天灯祈福愿，正月里，闹元宵。

街市彩旗飘，花妍人面娇。逛公园，人影如潮。细看花灯猜谜语。锣鼓响，踩高跷。

蝶恋花·人在旅途知困倦

夜半马嘶惊宿雁。掠过林梢，去影声声断。人在旅途知困倦，岁阑更觉人生短。

车载风尘心似箭。一路星稀，寂寂苍山远。野外草枯花色浅，堂前菊艳因家暖。

采桑子·故乡

河边青翠花相映，柳影残阳，柳影残阳，缕缕炊烟送晚香。

渔舟唱晚随波近，江水茫茫，江水茫茫，两岸茶园是故乡。

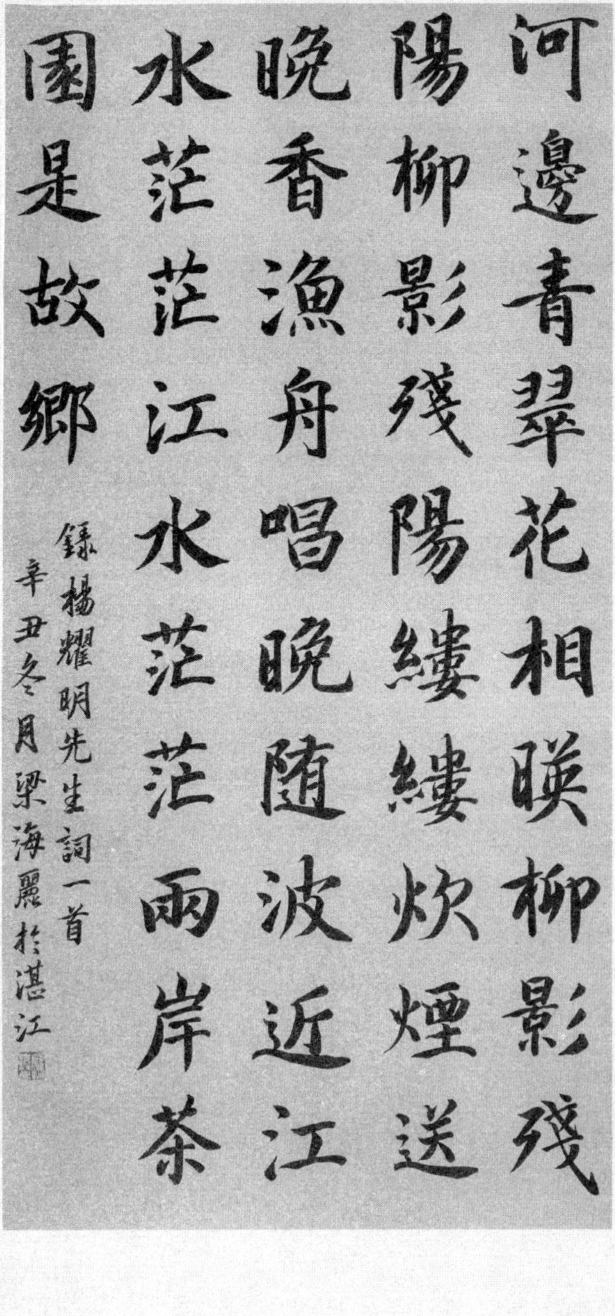
河邊青翠花相暎柳影殘
陽柳影殘陽縷縷炊煙送
晚香漁舟唱晚隨波近江
水茫茫江水茫茫兩岸茶
園是故鄉
錄楊耀明先生詞一首
辛丑冬月梁海麗於湛江

湛江市第二中学霞山校区　梁海丽　书

唐多令·亮剑争锋

凭槛看飞红，出门迎晓风。十二年，亮剑争锋。百炼成钢酬壮志，立马处，响洪钟。

千骑过孤峰，腾云驾巨龙。殿试前，尽显从容。卸甲闲庭同载酒，风云后，已称雄。

步蟾宫·梦回唐宋

东方霞绮呈龙凤，映广厦、入云高耸。乡村亭阁荡春风，遥望处、林岚蓊蓊。

青山绿水莺花颂，太平世、又添新梦。笙歌吟唱喜相逢，千年后、再回唐宋。

南乡子·鸿儒勤恕躬

黉学喜相逢，今日风铃次第丰。上善亭边风雅颂，儒鸿，半载情缘勤恕躬。

悠暇觅骚踪，己亥春年再向东。元夕归来花正艳，春风，满苑桃红迎老翁。

注：儒鸿即鸿儒之意。己亥年初六，陪莫延昌、莫真荣、芳公子等老师游览二中。依莫延昌老师《烟村》诗韵而作。

阮郎归·打窗风雪映空明

打窗风雪映空明，满山枯木迎。觥筹交错笑谈声，天寒家更馨。

冬已至，树凋零，冰花开半庭。人间静待物苏醒，春来再秀荣。

相见欢·老来乐

红墙金叶深秋，岁悠悠。双鬓斑斑年老，志难酬。

夕阳好，听鸟叫，乐无忧。向晚贪看孙玩，爱心柔。

湛江市二中海东小学五（1）班　李玥婷　画

浪淘沙令·千载幽魂

柳串拂风尘，湖畔孤坟。断桥残雪印清纯。半曲琵琶随恨去，千载幽魂。

桃艳叶芽新，波色粼粼。清香一炷梦丹唇。画舫笙箫欢畅醉，花谢无痕。

相见欢·我为峰

师生誓愿雄风，化长虹。戴月披星赶路，上蟾宫。

战六月，火焰烈，染晴空！登顶仰天大笑，我为峰。

渔歌子·歌女和唱（钦谱）

晓风细雨戏红莲，大漠长虹艳阳天。杨柳岸，玉门关，犹听歌女拊悲弦。

如梦令·豪气满醽壶

踏进灯红食府，一见笑言如故。豪气满醽壶，酒后方知无趣。归去，归去，醉眼看孙学步。

唐多令·千里共婵娟

花好叶初残，中秋夜已寒。坐凉亭，望月凭栏。远在他乡思念否？千里外，梦团圆。

香饼摆几前，浓情满座间。想去年，笑脸欢言。桂酒芳茶同载乐。蟾光下，共婵娟。

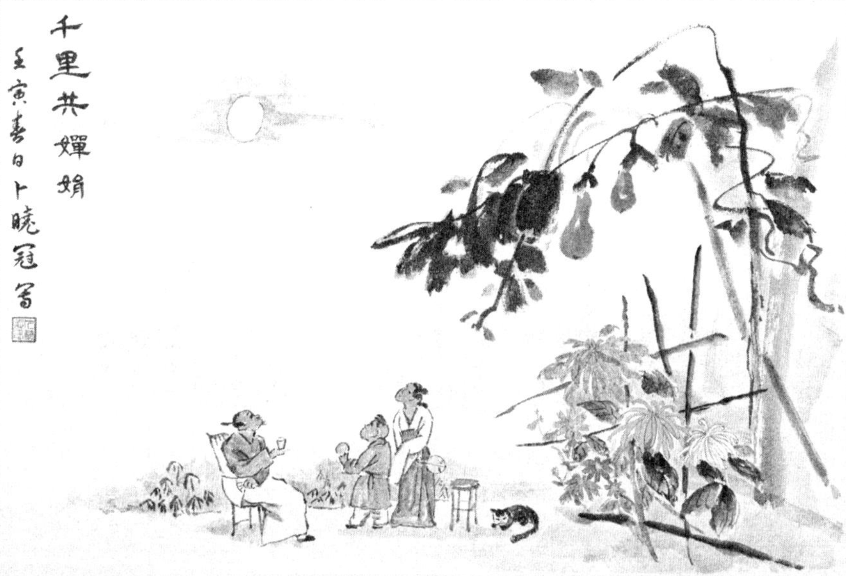
千里共婵娟
壬寅春日卜晓冠写

湛江二中港城中学　卜骁冠　画

行香子·最忆江南

最忆江南，常念红芳。亭台轩榭染初霜。满城秋色，遍地金黄。静听秋风，愁秋雨，品秋香。

年华正好，青山不老。约朋轻骑走他乡。人迷鸟叫，心醉斜阳。看庭中花，湖中影，树中光。

行香子·岭南诗社进黉门

日丽风和，雀跃花妍，岭南诗社进黉园。传承文墨，笑看维艰。故春天吟，秋天诵，夏天研。

宋词魏骨，唐诗楚赋，半岛今古韵相连。悠悠国粹，风雅新篇。看山中松，烟中柳，水中莲。

相见欢·春来了

柳新花艳山青，碧空晴。望远登高凭槛，听风声。

春来了，鸟儿叫，蝶轻轻。田陌初耕细作，物欣荣。

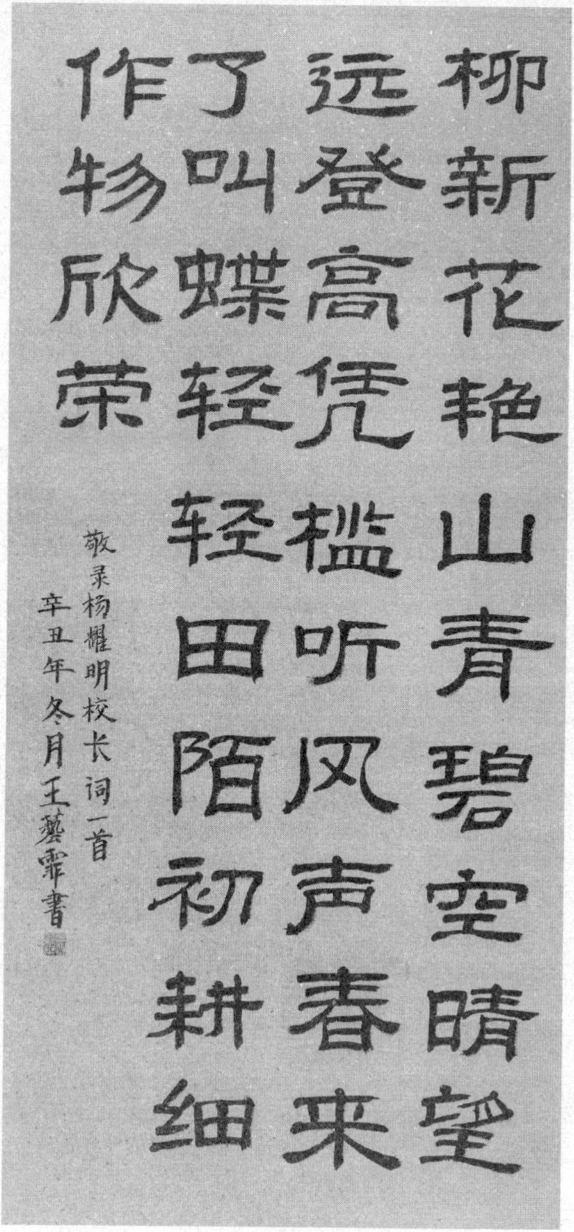
柳新花艳山青碧空晴望
远登高凭槛听风声春来
了叫蝶轻轻田陌初耕细
作物欣荣
敬录杨燿明校长词一首
辛丑年冬月王藝霏書

湛江市第二中学霞山校区上善初三（1）班　王艺霏　书

浣溪沙·阴寒岁暮盼安宁

枫叶霜红落迳庭，玉兰家里秀清英，雨中翠鸟歇长汀。

秋雁哀啼天邈远，孤飞云朵似浮萍，阴寒岁暮盼安宁。

相见欢·红面浓须好汉

木棉满苑猩红，焰晴空。红面浓须好汉，大英雄。

刚而劲，真本性，赛青松。虽没绿阴相映，亦从容。

清平乐·新农村

乡间小道，花艳蜂儿笑。几度春风花知晓，绿水青山新貌。

鱼乐浅水争流，归燕嬉闹黄牛。屋后炊烟袅袅，天边云彩悠悠。

少年游·和邹继海会长诗《六代会卸任有感》

帅旗高举十余年，联界谱新篇。骚客欢声，先生好句，今已万家传。

卸甲归来寻雅趣，人在夕阳前。登峰极目，凭栏长笑，把酒说联缘。

相见欢·雨蒙蒙

临窗遥望山榕，绿葱葱。忽见乌云一片，压青崧。

荷池内，槐庭外，雨蒙蒙。树下低飞小鸟，觅蛾虫。

湛江二中崇文实验学校高一（5）班　唐雅雯　画

青玉案·梨花时节

梨花时节清明雨，又一度，天蒙雾。陌上行人愁几许？旧坟新草，满山飞絮，荒野前无路。

焚香烧纸安杯箸，奠酒难寻断肠句。却在山间丘冢处，喃喃低语，追思祭祖，扫墓添新土。

少年游·瞿塘峡

瞿塘峡口秀而崎，两岸白猿啼。赤甲晴晖，白盐曙色，云绕武侯祠。

祠庭铜鹤悲风雨，心里可曾知。战火三国，汉唐大地，早已太平时。

菩萨蛮·家里少风尘

茫茫千里家遥远，归途又见南飞雁。偏遇雨来狂，解鞍入酒坊。

秋花应未老，岁暮夕阳好。家里少风尘，往来多故人。

行香子·春野花香

春野花香，彩蝶翩跹。一夜新雨绿郊园。凭阑远眺，景胜心闲。看亭中人，山中雾，雨中天。

花娇柳绿，溪清鱼浅。晓风悠柔抚红莲。翠峰巉秀，瀑直空悬。有鸟同鸣，人同乐，蝶同翩。

清平乐·夏树苍翠

夏树苍翠，风急花飞坠，室静庭幽人欲睡，却怨蝉鸣尖脆。

醒后细看红莲，田田叶子翩翩，摇橹轻折荷扇，喜得半日荷缘。

湛江市第二中学霞山校区七年级（2）班　庞家欣　画

行香子·傲雪

满树冰珠，几朵红梅。仍傲雪吐气扬眉。昨天群艳，早失风姿。叹树凋零，草枯谢，景无奇。

一双情侣，临风成景。在小桥湖畔山陲。寻求诗句，追逐欢嬉。是天无情，心有爱，人甘饴。

清平乐·硇洲古韵

地阔天远，碧海沙滩浅。漫步皇村寻书院，处处旌旗翻卷。

登塔凭槛临风，西边落日残红，烟霭硇洲古韵，又见晚唱渔翁。

清平乐·仙洞毓秀

仙洞毓秀，最美春风后。坐石观音今在否？仅见莲花清酒。

古井池畔清醇，灵刹满屋香芬。一片佛门孝竹，满眼牛岭慈云。

注：题廉江仙人洞。

唐多令·校友赠亭有感

溪畔看红莲，门前迎俊贤，数十年，再聚黉园。昔日铃声今尚在，故地里，忆从前。

万物有根源，千秋谱雅篇。坐亭边，诗意联翩。学苑师生同庆贺，笑谈处，百花妍。

清平乐·清闲

黉门春早，遍地青葱草，小鸟欢声无烦恼，蝶恋只缘花好。

池满又见红莲，亭亭倒影水间。独坐看云遐想，又得半日清闲。

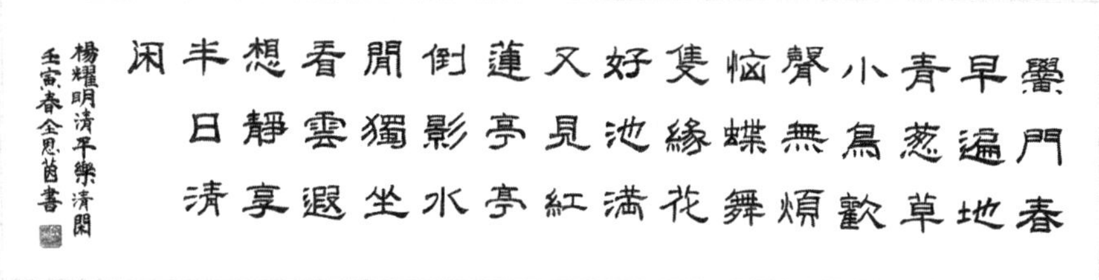

湛江市二中海东中学高二（1） 全思茵 书

行香子·春分

天碧山明，郊外飞青。纸鹞断线草菁菁，千红桃苑，花艳莺鸣。正春分日，柳儿绿，树儿青。

春雷初动，凭栏看景。细雨如丝绿阴庭。牛耕田垌，鸢息长汀。看燕儿归，花争艳，物争荣。

鹧鸪天·父爱

父亲独坐看夕阳，中秋未到晚初凉。手中报纸无心看，眼里枫花随意扬。

盼顺利，望安康。孩儿千里在他乡。今宵托月捎书信，记住添衣慰爹娘。

相见欢·父亲节致儿女

读书工作艰难，莫言烦。失败成功都有，怎轻叹。

不懈怠，父亲在，是高山。暴雨狂风何惧，勇迎前。

唐多令·忆屈原

风急柳枝轻，雨飞湖水盈。汨罗江，金鼓齐鸣。两岸呼声连万里，端午日，忆忠贞。

闪电又雷霆，人间风雨声。夜漫长，难见天明。崎岖路途何畏惧，虽九死，立英名。

如梦令·半夜犹听雨滴

黑犬黄牛红鹂，蛙鼓蝉鸣竹笛。屋后稻花香，最是惹人思忆。沥沥，沥沥，半夜犹听雨滴。

黑犬黄牛紅鷄蛙鼓蟬鳴
竹笛屋後稻谷香家是意
人思憶瀝瀝瀝瀝半夜猶
聽雨雨滴

録楊耀明詩詞一首林奕禎書

湛江二中港城中学初二（13）班　林奕禛　书

踏莎行·竹空不怕寒风劲

古寺钟声，斜阳雁影。深秋渐晚人间静，凭阑独自坐凉亭，心欢怎觉霜天冷。

竹下茅斋，溪边曲径。孤灯独客虽相映，却看风急入林间，竹空不怕寒风劲。

如梦令·娘好全家有福

日出耕田种谷，半夜思儿挑烛。常怨雁书迟，梦里几番叮嘱。知足，知足，娘好全家有福。

如梦令·即将复课有感

学校绿茵静寂，已久不闻哨笛。试问到何时，再上球场搏击。明日，明日，必见师生战绩。

踏莎行·瘦影红颜

瘦影红颜，仙姿铁骨。老枝未吐新芽叶，含苞欲放溢清香，素妆静等风和月。

听雨凝珠，经霜傲雪。何曾惧怕天寒冽，纵然冰袭落英时，飘飒起舞如仙蝶。

相见欢·情依旧

离愁总在秋冬，去匆匆。多少欢声倩影，念无穷。

再见后，情依旧，笑由衷。半世功名苦乐，在樽盅。

注：与第一届学生小聚感怀。

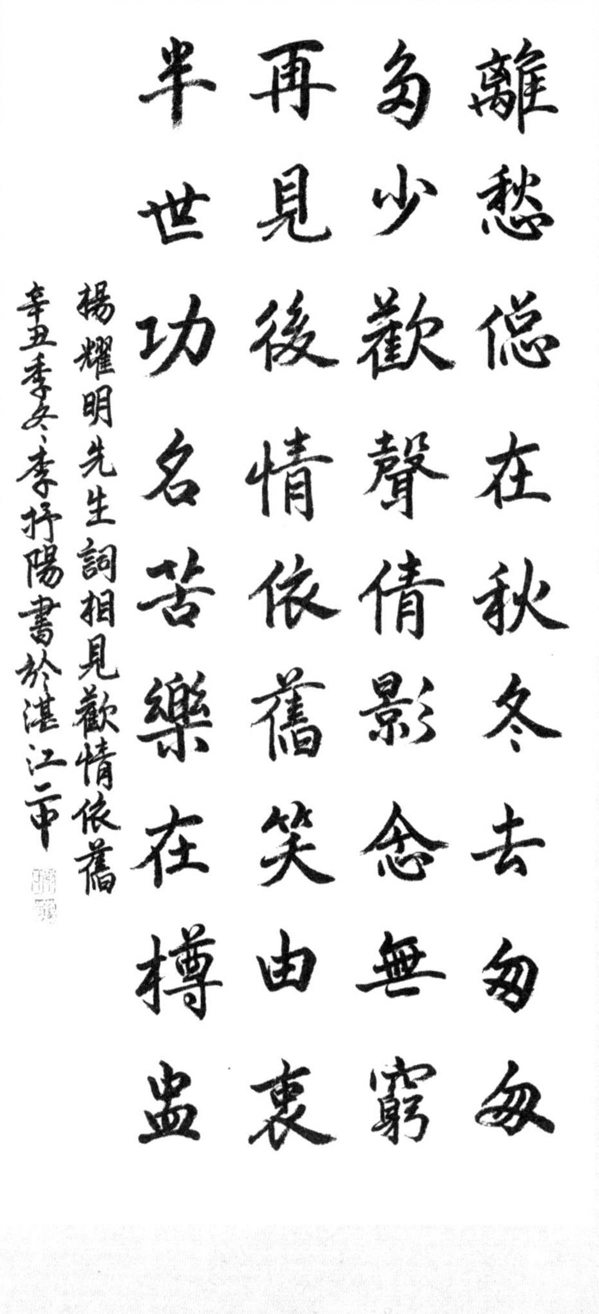
離愁總在秋冬去匆
匆少歡聲倩影念無窮
再見後情依舊笑由衷
半世功名苦樂在樽盅
楊耀明先生詞相見歡情依舊
辛丑季冬李抒陽書於湛江市

湛江二中港城中学初二（14）班　李抒扬　书

醉了青衫红袖

ZUI LE QING SHAN HONG XIU

杨耀明诗联选

诗

山叠翠

苍　松

抱云傲雪在山巅，看尽朝晖与夕烟。
四序不图尘客到，若能相遇亦随缘。

湛江市第二中学高一（8）班　许子诚　画

虎　威

新年锣鼓声声远，万丈金光破雾开。
虎啸生威千里外，人间恭候大王来。

不言老

华发早生添鬓角，何妨畅饮再狂豪。
醉时不觉人将老，犹说横戈披战袍。

秋　别

秋风瑟瑟雨蒙蒙，村外码头舟楫匆。
载走男儿多少梦，却留两老在家中。

劝归

月宫清净却清冷，怎可栖身不念还。
故里如今多壮丽，当应早日返人间。

二中高考百日誓师

总攻盟誓展雄风，铁骑铮铮箭在弓。
六月凯旋回望处，战旗千面映山红。

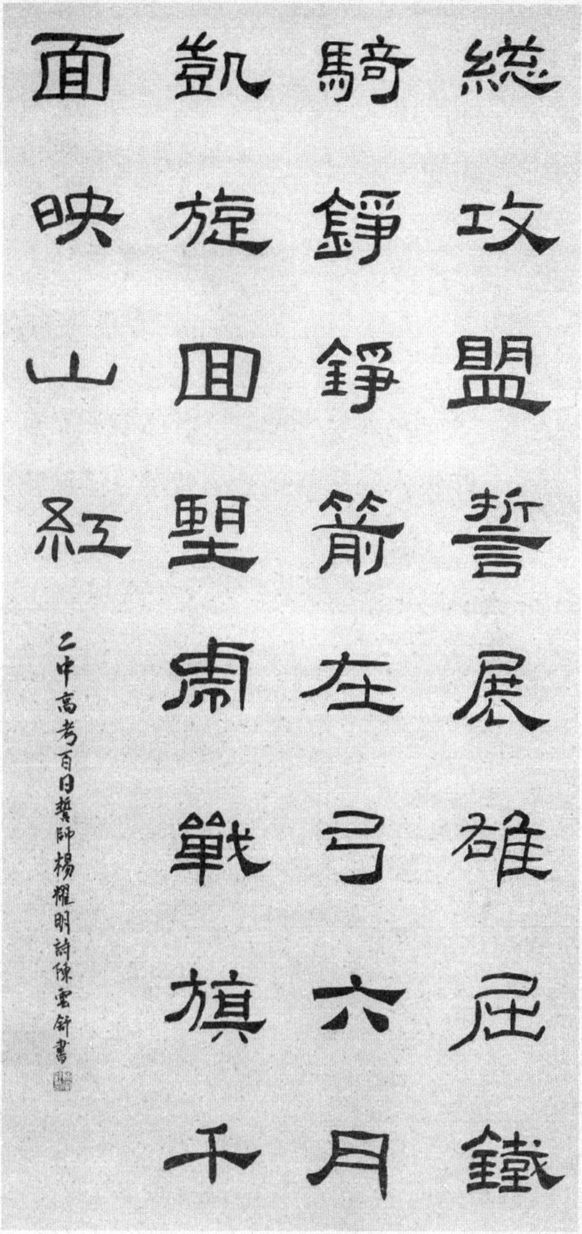
總攻盟誓展雄風鐵
騎錚錚箭在弓六月
凱旋回望處戰旗千
面映山紅
二中高考百日誓師楊耀明詩陳雲舒書

湛江市第二中学高一（25）班 陈云舒 书

牛年快乐

金牛刚入万千家，玉帝已差天女查。
昨夜人间又何乐？满城爆竹满城花。

问　天

——悼念袁隆平院士

柳暗湘江雨杳蒙，乌云密布九州同。
人间恸泣失袁老，斗胆问天还此翁。

带娃乐

别人瞌睡我看娃，正想偷闲喝口茶。
忽尔孩娘一声喊，为何让子玩泥巴。

从　容

——高考前夕致二中学子

谁在银鞍挂锦囊，十年苦读少年郎。
明朝挥剑华山上，今夜从容看月光。

最美玫瑰

——赞捐赠抗疫物资的爱心人士

赠送玫瑰犹恐迟，馨香一片化成诗。
轻轻挥手转身去，正是人间最美时。

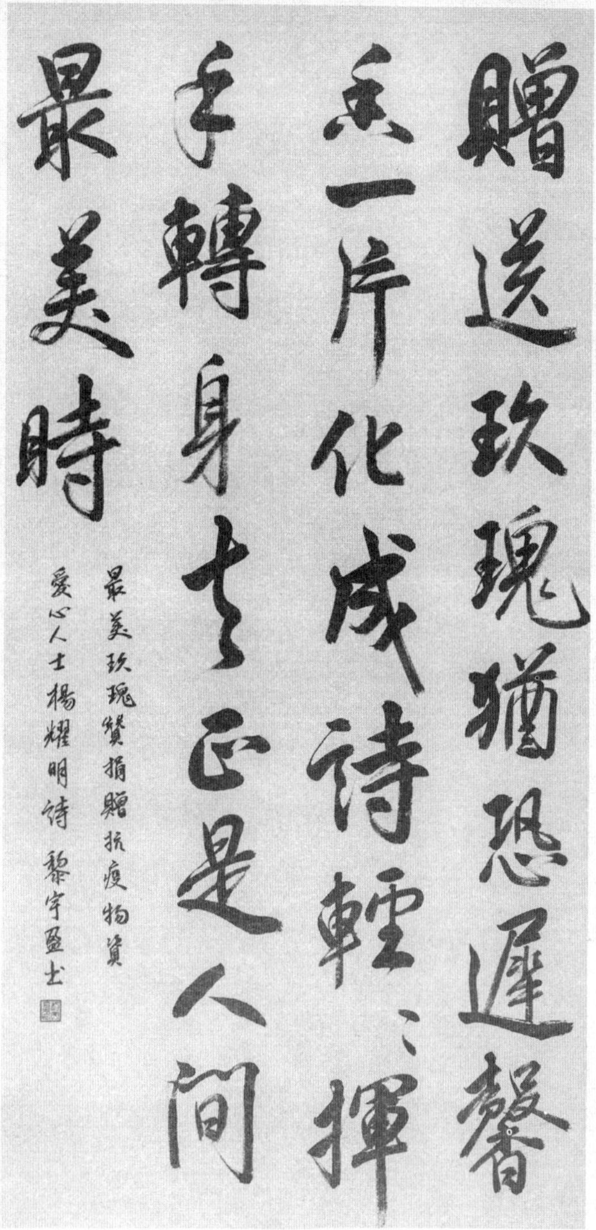

湛江市第二中学高一（21）班　黎宇盈　书

问方家

醉赋诗词难掩瑕，程门立雪问方家。
三人雅正一人赞，始悟寒梅胜百花。

无奈

只缘疫疠老居家，少了酒香多了茶。
欲填新词无好句，学人高雅品兰花。

欢 饮

长亭古道拨湘弦，一阵清风一缠绵。
君未举杯人已醉，笑言酒力逊从前。

狂醉学诗仙

何必在乎痴与癫，老夫狂醉学诗仙。
观灯品菊邀明月，半卧空阶听晚蝉。

初 春

春风染绿柳枝芽，紫燕呢喃入万家。
遍野残冬随雪去，白云陪我看繁花。

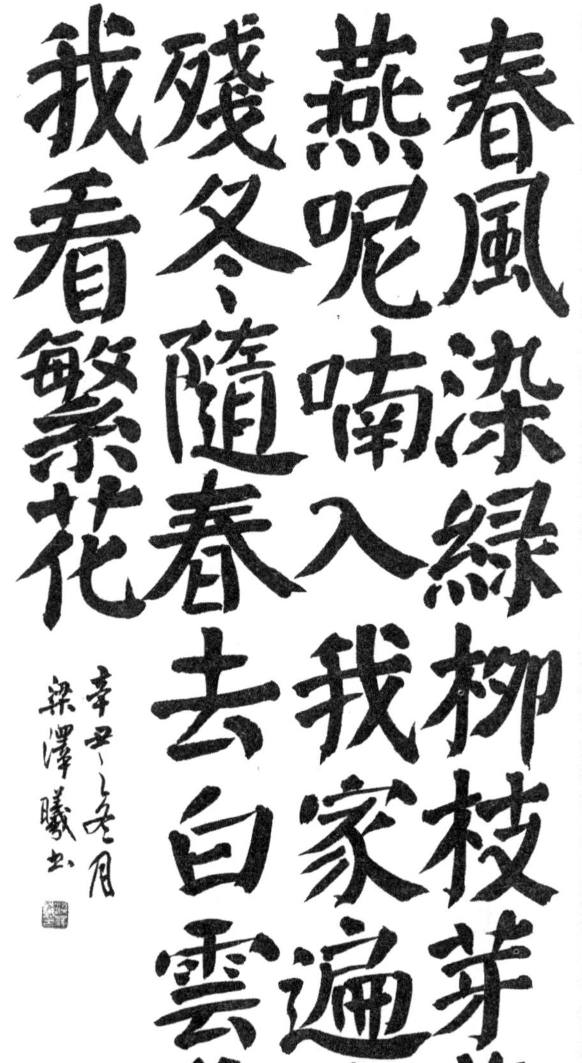
春風染緑柳枝芽紫
燕呢喃入我家遍野
殘冬隨春去白雲陪
我看繁花
辛丑冬月
梁澤曦书

湛江市第二中学霞山校区上善初三（1）班　梁泽曦　书

文人骚客

秋月春花自有时，惹来骚客赋诗词。
席间推盏言欢笑，酒醒唏嘘多是谁。

对　韵

一湾清碧抱村边，树下孩童捕夏蝉。
竹影稀疏风过处，斜阳晚照起炊烟。

无 题

金色袈裟拂俗尘，木鱼响起戒心嗔。
庙堂深处有真佛，笑看香前膜拜人。

秋暮（步韵王维《鸟鸣涧》）

短笛孤舟远，愁生两岸空。
亭前秋暮雨，滴答落心中。

春山牧牛图

风轻柳曲影蒙蒙，雨后新枝万紫红。
山静忽闻村笛响，回望不见牧牛童。

湛江市二中海东中学　谭卫华　画

清秋（步韵崔颢《黄鹤楼》）

空天宏阔恰清秋，偷得闲情登古楼。
遥望崖巅云杳杳，近观峡口水悠悠。
白鹇乍起山头树，黄荻半枯江上洲。
每片飞花皆美景，绝无萧索惹人愁。

清　秋

清秋冷月上西楼，窗外虫啾夜更幽。
举盏无欢成对影，酒中皆是半生愁。

挥　毫

岁律更新又一年，黉门处处胜从前。
登高极目天辽阔，乘势挥毫绘雅篇。

昨　天

门檐破旧两灯笼，照亮空壶老酒盅。
谁在昨天欢笑处？独听琴曲等清风。

春色

一片桃红一片梅，花仙与我饮千杯。
满园春色令人醉，得意平生有几回。

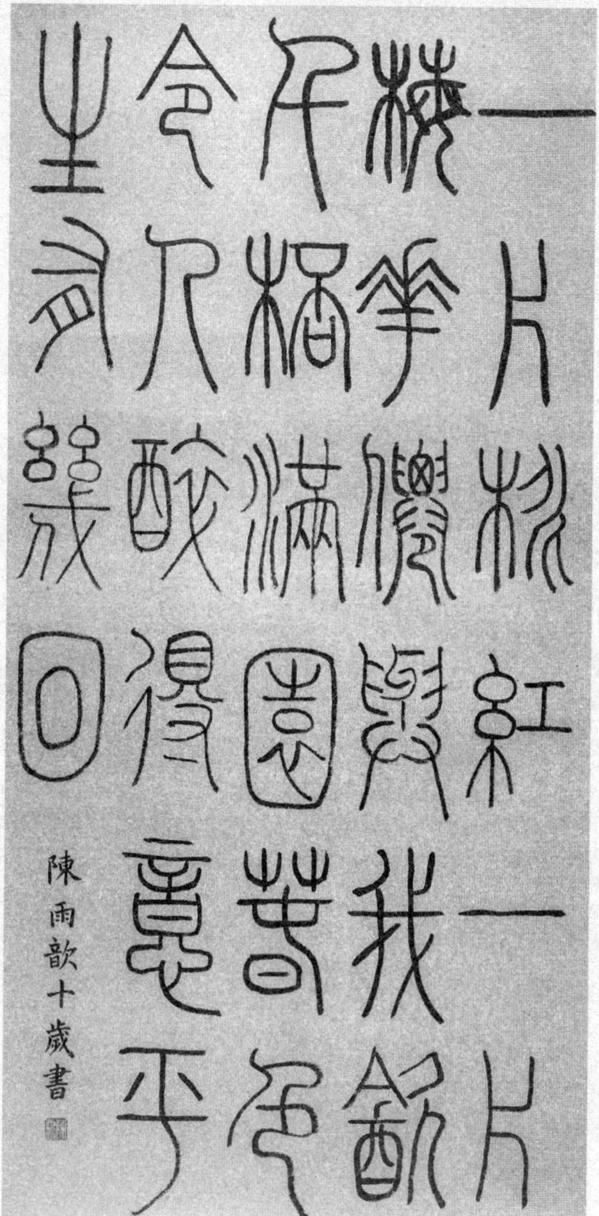

湛江市第二中学霞山校区四年级（7）班　陈雨歆　书

逍 遥

乘龙欢笑上云霄，醉听宫娥奏鼓箫。
且向天皇借杯酒，诗仙可有我逍遥。

今　日

温酒围炉映帐红，夫人取笑问衰翁。
当年千斛未曾醉，今日还能饮几盅？

明　日

无聊闲寂困家中，身似弯弓耳渐聋。
豪气已随秋月去，清风陪我望星空。

题《走马江湖图》

何须走马又登程，笑泯恩仇心自轻。
从此江湖无故事，月明山谷有泉声。

半夜秋思

推敲酌句赋秋思，已是三更夜半时。
觅得辞文终合意，明天罢笔不言诗。

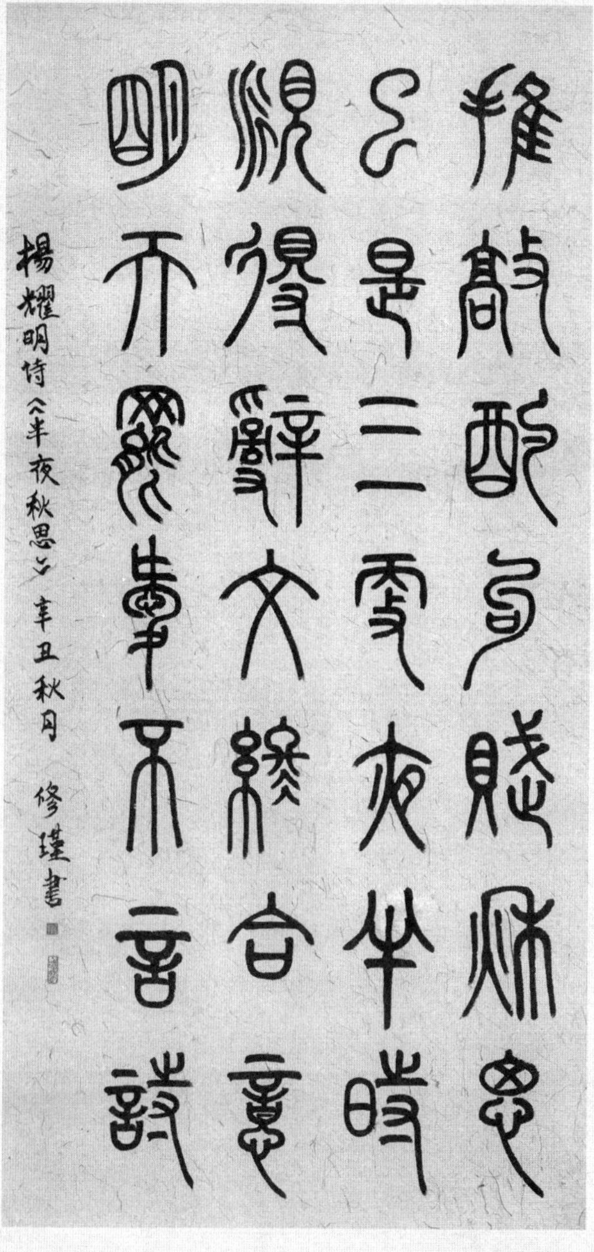

湛江市二中海东中学 修瑾 书

月向西沉

夜半轻寒浸襟袖，中秋朗月向西沉。
菊花未谢酒还暖，日子又归平静心。

晚风伴读

尘世归来不再忙，晚风伴读好文章。
夕阳又画繁花影，映入衣襟也觉香。

早　春

晨曦初露染轻霞，小鸟欢声老树叉。
枯木逢春千点绿，不输去岁一城花。

湖　莺

倒骑牛犊过沙坪，惊起湖边三两莺。
莺掠浮光相逐去，风中撒落几娇声。

约定

沿溪寻胜看花开，但见残英满地苔。
再约明年春雨后，早邀紫燕踏青来。

沿溪尋勝看花開但
見殘英滿地苔爾約
明朝春雨後早邀紫
燕踏青來
右録楊耀明詩約定辛丑
年冬陳琳書

湛江市二中海东中学高二（2）班　陈琳　书

绘山河

扬鞭策马上高坡，极目寒秋花谢多。
待到明年春满日，我铺新纸绘山河。

轻舟垂钓

绿柳风轻一叶舟，蓑翁垂钓乐悠悠。
闲看对岸牛羊叫，惊起湖边三两鸥。

等卿来

寒风冷雨雁声远，黄叶残花落凤台。
待到明年春又暖，一城新绿等卿来。

春　韵

两岸桃花向日开，游人惊鸟起瑶台。
江中绿水随舟去，柳下清风拂面来。

淡　定

鼓枕闲听黄鹤鸣，推窗静看白云轻。
人生难得几随意，尘世归来心不惊。

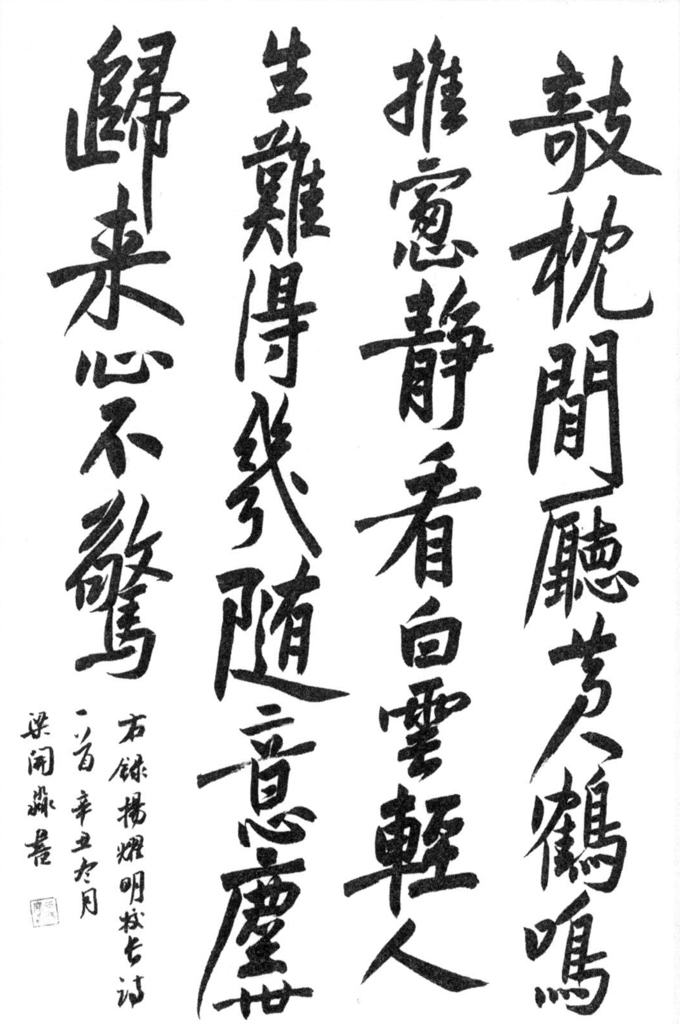

湛江二中崇文实验学校高三艺术班　梁开淼　书

心闲

披蓑戴笠驾黄牛，归卧空山钓碧流。
任凭此间风雨起，鱼无踪影亦无忧。

傲徕雪松

一路岚风上岱宗，凌霄云海响洪钟。
登高境界齐天远，雪满傲徕松作峰。

注：傲徕，指泰山傲徕峰，可以与主峰玉皇山争雄。

台风笑谈中

台风怒吼势汹汹，进退严防赞俊雄。
他日重提山竹夜，情形已是笑谈中。

注：记台风“山竹”。

遂溪孔子庙

孔丘未到遂溪城，此庙常闻论语声。
仁济门前朝圣道，两旁皆是树菁菁。

题《山水唱晚图》

夕阳云彩映崇山，碧潋清流几道湾。
愿住溪边听晚唱，轻舟垂钓水云间。

湛江二中崇文实验学校高一（5）班　唐雅雯　画

春　色

杏苑空留春色浓，小亭不见丽人踪。
黄莺啼翠惊花俏，满地残红争骋容。

孔 子

一代儒宗为世情，周游列国必躬行。
常年不在杏坛里，处处犹闻论语声。

女人花

漂亮佳人恰似花，温柔贤惠善持家。
横刀立马建功业，不让须眉众口夸。

虎　王

神飞顾盼傲天下，猛啸长扬震陡冈。
一扑一掀威百兽，称王岂止额书王。

寻　香

雨后春风不染尘，踏青闲看百花新。
寻香未见幽兰处，却遇空山修道人。

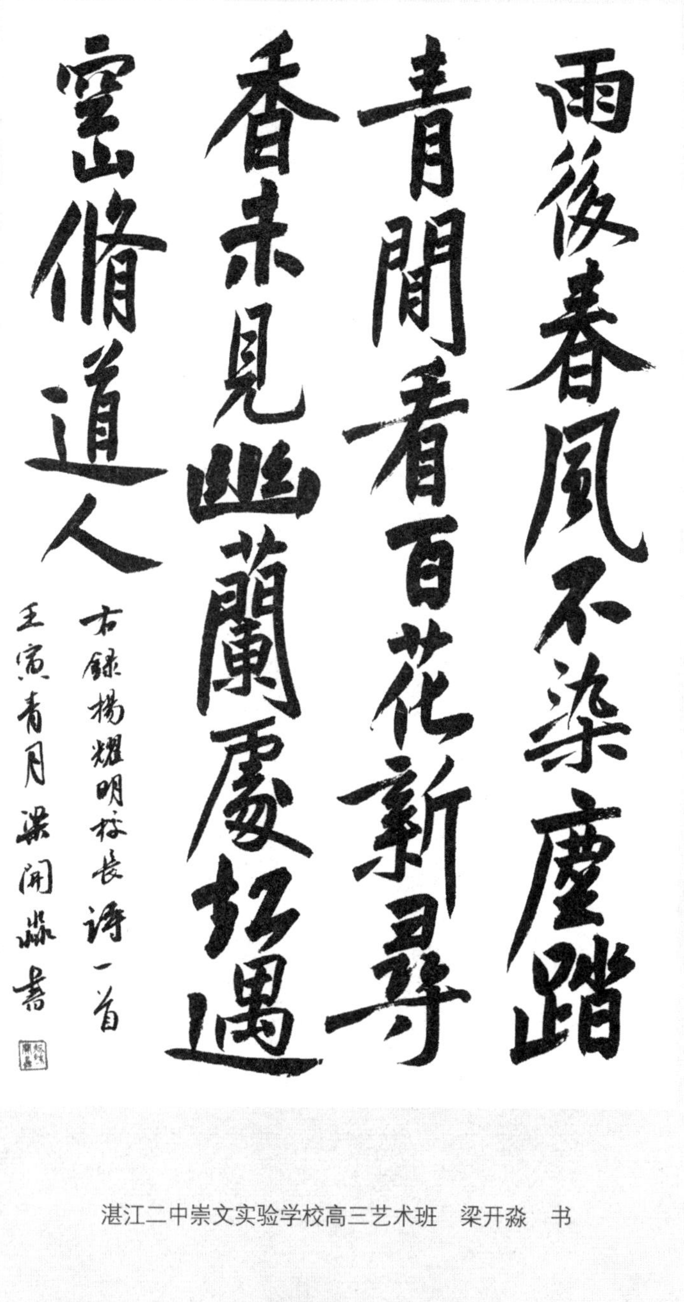
雨後春風不染塵踏
青閒看百花新尋
香未見幽蘭處遇
空山脩道人
右錄楊耀明校長詩一首
壬寅青月 梁開淼書

湛江二中崇文实验学校高三艺术班　梁开淼　书

春 芽

可爱天真一众娃，清晨浇水育春芽。
应知今日复明日，满苑芳香满苑花。

注：赠二中霞山校区小学部《春芽》诗集可爱的小同学们。

三醉翁

竹亭三醉翁，把盏问春风。
今日离乡后，明朝谁作东。

注：二中风铃诗会有寄。

怜花女孩

黉学风铃今又开，文人骚客踏春来。
忽闻谁在亭中笑，去岁怜花那女孩。

教师节有感（一）

冬去春来又一秋，无情粉笔染花头。
笑言后悔今生否？只恐辛劳志未酬。

教师节有感（二）

星月相随向杏坛，何须自诩作春蚕。
若能桃李满天下，鬓发如银心亦甘。

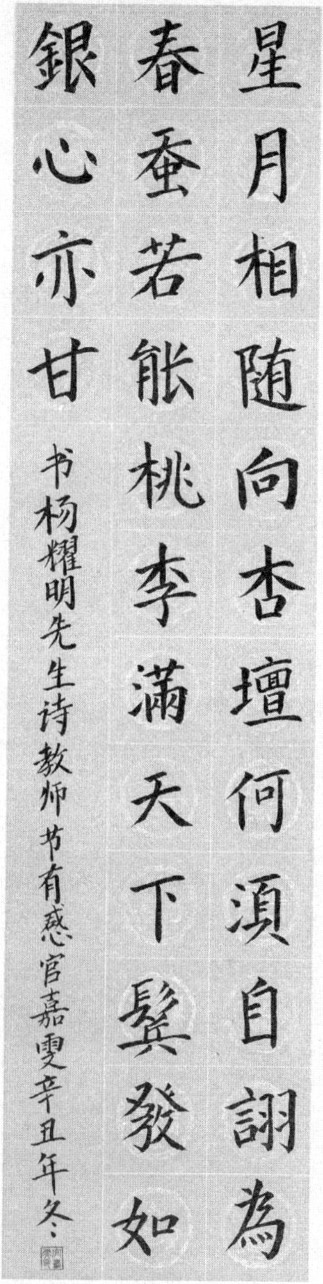
星月相随向杏壇何須自詡為
春蚕若能桃李滿天下鬓發如
銀心亦甘
书杨耀明先生诗教师节有感官嘉雯辛丑年冬

湛江市二中海东中学初二（4）班 官嘉雯 书

中秋解伤情

嫦娥犹悔昔年行，更觉中秋宫冷清。
皓月轻风懂人意，吟诗作对解伤情。

冬日抒怀

寒柳桥边泊晚舟，萧森旷野爱闲游。
严冬过后春芳绿，夕照何来日落愁。

原上豪情

胡天处处闻羌笛，大漠孤烟有雁声。
都说江南风景好，离离原上最豪情。

边塞红旗

云漠远山人迹少，沙烟孤雁入青天。
谁知风掣红旗处，却有雄狮驻塞边。

清明（一）

几缕荒烟缭玉丛，坟茔香火映腮红。
三杯春茗一樽酒，惙怛低声诉静空。

注：玉丛，为竹林别称。

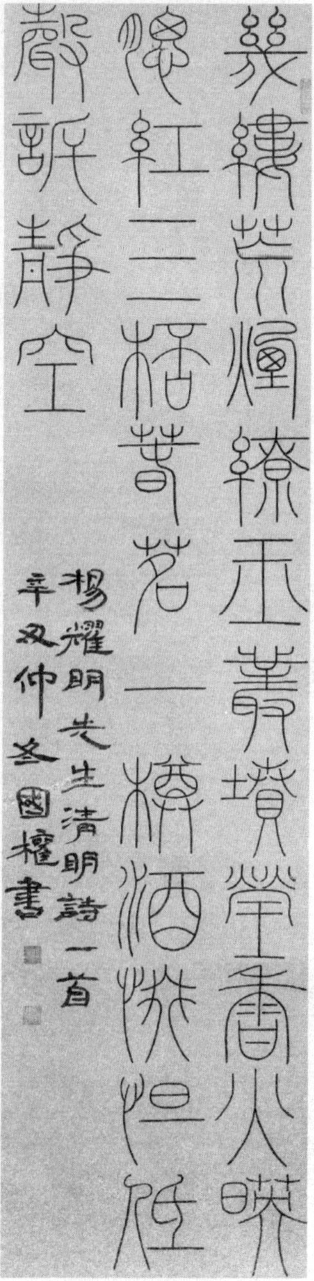

湛江市二中海东小学 吴国权 书

清明（二）

上苍感喟世间忧，云翳如愁风满楼。
三炷炉香萦泣绪，清明酹酒慰冥幽。

问　菊

囿苑残花随叶黄，蓼红苇白染初霜。
斜阳点点照闾巷，晚雁声声过庙堂。
对镜空怜衰鬓影，寄书欲问薄情郎。
家中秋菊因风瘦，知否何时吐冷香？

忆 菊

寂静潇湘抚素琴，幽幽思菊对灯吟。
方期作赋情难尽，岂料葬花泪满襟。
落叶暮秋云渺渺，重阳寒露夜深深。
举杯独饮无人问，同读西厢何处寻。

海 湾

——步和莫延昌老师《烟村》

茫茫天际挂飞虹，谁让青椰起晚风。
应是夕阳孤岛处，一群海鹭逗渔翁。

秋日诗缘

菊艳飘香百卉妍，莺歌燕舞迓高贤。
吟诗作对赋秋意，满院风光胜旧年。

湛江二中港城中学　卜晓冠　画

向 往

牛耕马自闲，朝出晚归还。
袅袅炊烟起，葱葱树影间。

挂灯笼

烟爆暖寒穹，谁家俊学童。
元宵登竹阁，望月挂灯笼。

挂 笑

蝶逐落英蜂惜春，几花欲老几花新。
君方娇艳我凋谢，挂笑随风无妒嗔。

少年狂

群鹰追日逆风翔，千马奋蹄连辔骧。
傲立峰巅向天笑，御龙遨逸少年狂。

失天骄

——悼念袁隆平院士

何故山崩暴雨飚，只缘大地失天骄。
从今不见袁公影，田里谁人育稻苗。

禾下乘凉

万里神州不缺粮，只缘禾下可乘凉。
从今岂怕风云起，笑看田间稻谷香。

脱 贫

百姓安康责在肩，脱贫路上竞争先。

屋前花艳雀欢笑，春煦染红香稻田。

离 情

离别那堪秋意浓，小桥不见丽人踪。
依依杨柳寄情处，孤雁低飞影自从。

春　望

古寺钟声惊断鸿，斜阳渡口客匆匆。
一江春色一壶酒，谁与流连醉晚红。

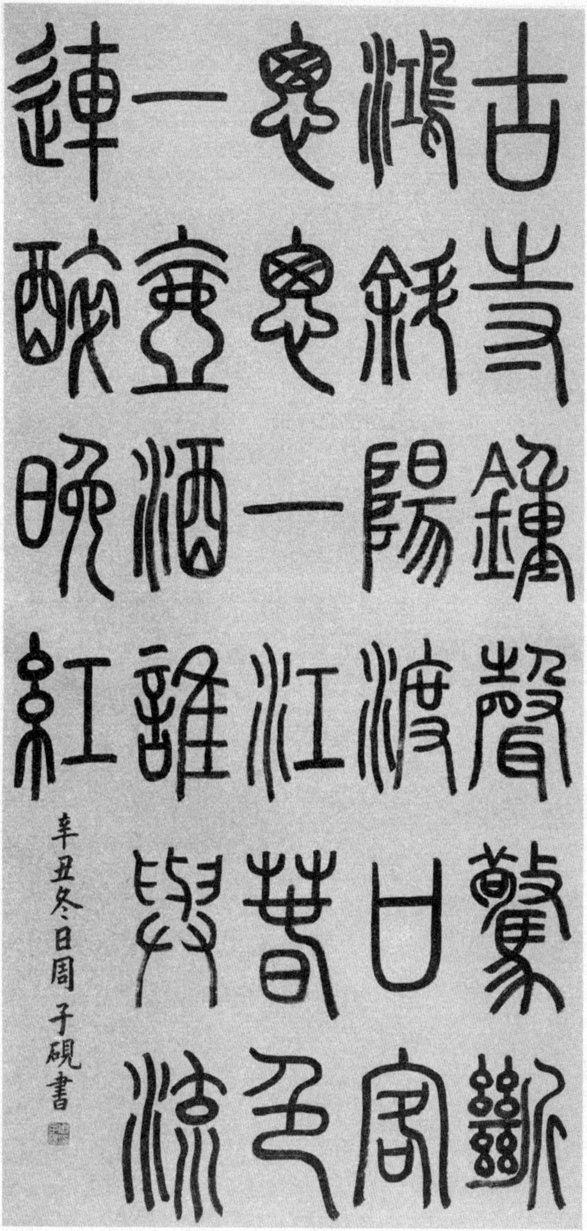

湛江市第二中学霞山校区四年级（1）班　周子砚　书

树中秋

瓦檐桥畔树中秋，才子佳人登阁楼。
喜见清风吹绿柳，引来江月泛轻舟。

注：树中秋，为广州传统风俗，指中秋夜，灯内燃烛，系于高处。

神 女

——致敬“感动中国十大人物”之叶嘉莹

瀚灏天空多耀星，可知哪颗映云屏？
今宵玉帝问诗圣，神女何缘照汗青？

无 题

过年请到俺寒家，一碟花生一壶茶。
没有佳肴唯有酒，开心冬日似春华。

霜 菊

一夜秋声一夜霜，漫山肃杀百花伤。
先生不在陶园处，谁使篱边菊正芳。

金秋争艳

十月金秋满院芳，花飞鬓发衬衣裳。
谁家小女回头笑，惹得千枝争艳忙。

十月金秋满院芳花飛鬢發衬

衣裳誰家小女囬頭笑惹得千

枝爭艷忙

敬錄楊耀明校長詩金秋爭艷歲次辛丑冬日

羅冰清十二歲書於海東小學

湛江市二中海东小学六（2）班　罗冰清　书

题海岛罗汉松盆景《雄风美如画》

烈日寒霜生傲骨，陶盘困住亦从容。
曲枝直干皆争秀，不逊黄山迎客松。

寒江（集句）

望断长川一叶舟，楼前江水自悠悠。
沙鸥数只和烟落，隐映寒芦两岸秋。

注：依次集自——唐·罗邺《春江恨别》，宋·王之望《郢守乔民瞻寄襄阳雪中三绝因追述前过石城杯》，宋·赵抃《渔父五首》，宋·赵希逢《和水禽》。

思君（集句）

嘉景无人把酒看，樽前醉倒不知寒。
思君一夜梅花瘦，直到平明泪不乾。

注：依次集自——宋·欧阳修《霁后看雪走笔呈元珍判官二首》，宋·苏辙《戏赠李朝散》，宋·虞俦《和郁簿问讯梅花》，唐·殷济《冬宵感怀》。

晚霞红

秋来春去总相同，莫道流年岁月匆。
纵是庭前斜日落，远山还有晚霞红。

一家人

乡音乡味今犹在，虎跃龙腾格外亲。
两岸共传华夏祖，往来皆是一家人。

两岸无云

春去秋来又一年，何时故土看婵娟。
昨宵两岸烟轻锁，今日无云万里天。

雨 情

风云密布尽无忧，雨打芭蕉雨亦柔。
隔岸不知烟渺处，谁留江上泛轻舟。

湛江市二中海东小学四（8）班　张紫萱　画

中秋心愿

月照寒蝉歇冷枝，鸳衾凤枕怨归迟。
虔虔许下一心愿，此后中秋无别离。

中秋共饮

举杯共饮话从前，昨日相知因有缘。
今夜中秋离别后，却留思念到明年。

古 松

遍野凋枝秋意浓，寒云不见白鹇踪。
奇峰峭壁临风处，傲笑霜天翠古松。

寒 晚

庭后几枝残菊花，檐前紫燕早归家。
临窗始觉天寒晚，独饮无欢向落霞。

寻　根

遥望对岸念亲恩，半世漂沦人落魂。
待到天晴归故里，一家老少去寻根。

中 秋

登楼祭月品芳酒，遥看灯笼听玉笙。
但愿家家多喜乐，人间处处是清平。

明月惹相思

柳梢明月惹相思，石径中庭觅玉蕤。
习习凉风催睡意，花开惟在梦圆时。

湛江市二中海东小学三（5）班　谢恒锋　书

春　浓

柳绿山青春意浓，莺歌燕舞百花中。
露沾桃靥惹人爱，不逊寒梅点点红。

晚　秋

人过老桥牛下坡，惊飞鸟影落残荷。
寒烟袅袅秋将晚，城外斜阳美景多。

岳阳楼

一碧连天洞庭水，祥云缭绕岳阳楼。
东吴鲁肃阅军后，可有清闲赏野秋。

无 题

北雁南飞又一年，几多好梦变云烟。
夜深忆起烦心事，数尽星星难入眠。

大地新貌

北雁南飞又一年，沿途皆是艳阳天。
神州大地换新貌，昔日荒丘变稻田。

滕王阁

滕王不在滕王阁，却使斯楼百世芳。
莫道全因江景美，子安更有好文章。

注：滕王阁为唐太宗李世民之弟滕王李元婴任江南洪州都督时所修建。因初唐诗人王勃所作《滕王阁序》而闻名于世。

一路豪言

——欣闻萧公海声新书发布有寄

商海岸边听海声，人生无愧得输赢。
诗朋唱和乐诗韵，一路豪言坦荡情。

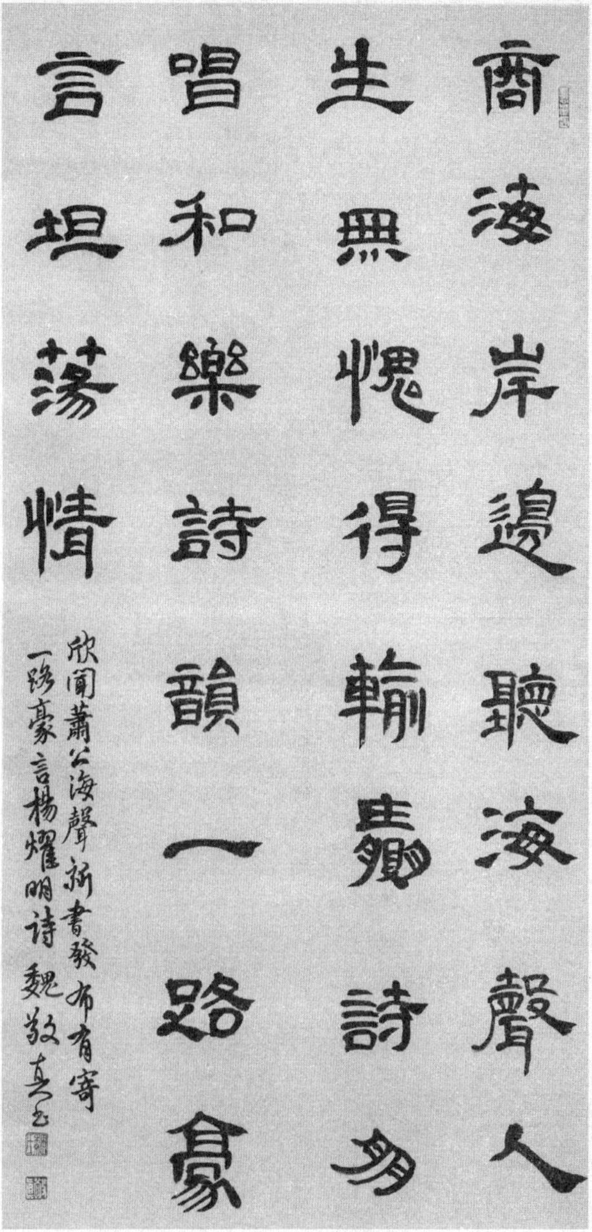

湛江二中港城中学初二（9）班 魏敬真 书

水　乡

人走石桥船过乡，小河两岸是青秧。
方闻屋后鸡鹅叫，前院又飘鱼米香。

中秋盼归（嵌句）

一江秋水向东流，只影披衣倚阁楼。
今夜月明人尽望，埠边未见返乡舟。

无题（嵌句）

残叶黄花落碧流，数声横笛一轮秋。
归来疑似异乡客，昨日情怀今未酬。

教师节有感（嵌句）

雨收月皎添凉意，风入窗台掀卧帘。
夜半鸡鸣人未睡，为谁辛苦为谁甜？

枯荷听雨（嵌句）

桥下影浮山嶂远，湖边烟袅钓舟轻。
青蛙应是随秋去，留得枯荷听雨声。

醉乐

ZUI LE
QING SHAN
HONG XIU

青
彩
集
釉

杨慎明诗联选

联
苑
生
花

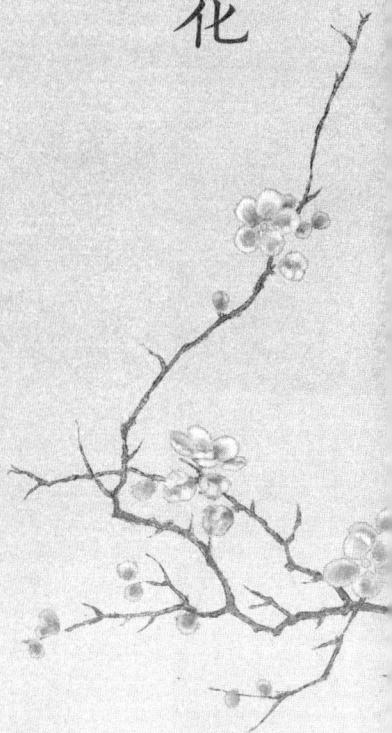

题湛江市第二中学

杏坛夫子传承圣学儒风，矢志毓人成大器；
桃苑书生研习文韬武略，精忠报国振中华。

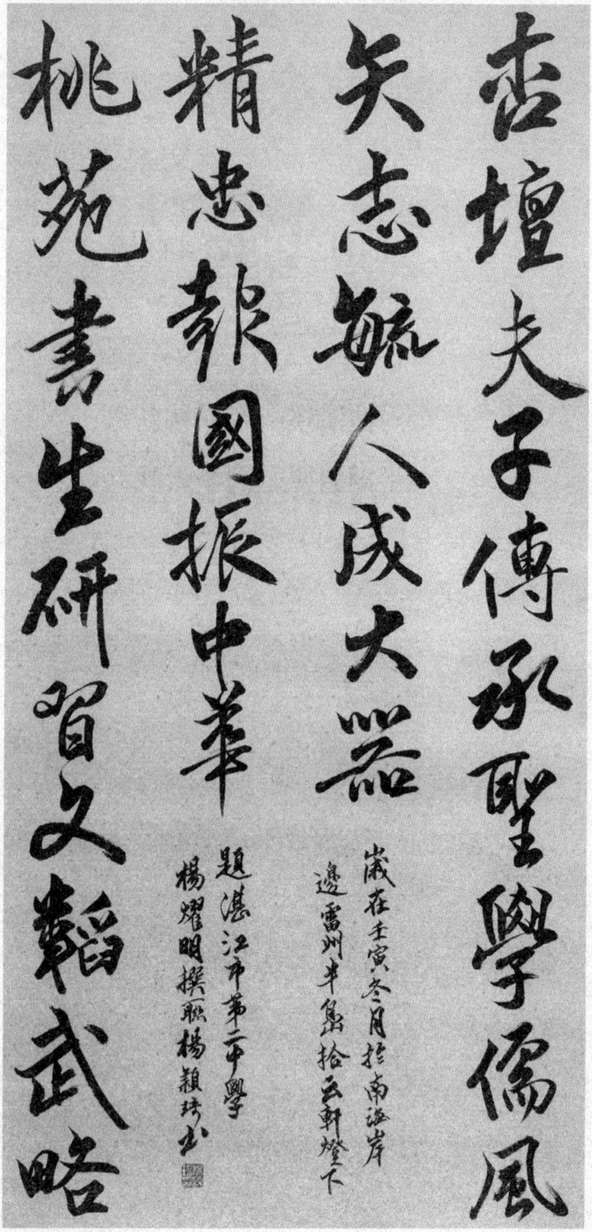
杏壇夫子傳承聖學儒風
矢志毓人成大器
精忠報國振中華
桃苑書生研習文韜武略
歲在壬寅冬月於南海岸邊雷州半島拾云軒燈下
題湛江市第二中學
楊燿明撰聯 楊穎琦書

湛江市第二中学高二（32）班 杨颖琦 书

湛江二中校园春景

一曲清溪，两岸柳新绿；
半湖斜照，满亭天晚红。

题湛江二中校园

高贤桥畔，两行绿柳，林藏翠鸟；
上善亭前，一曲清溪，水映红霞。

题湛江市第二中学上善文化广场

入此门，可避四时风雨；

学诸子，能知千古文章。

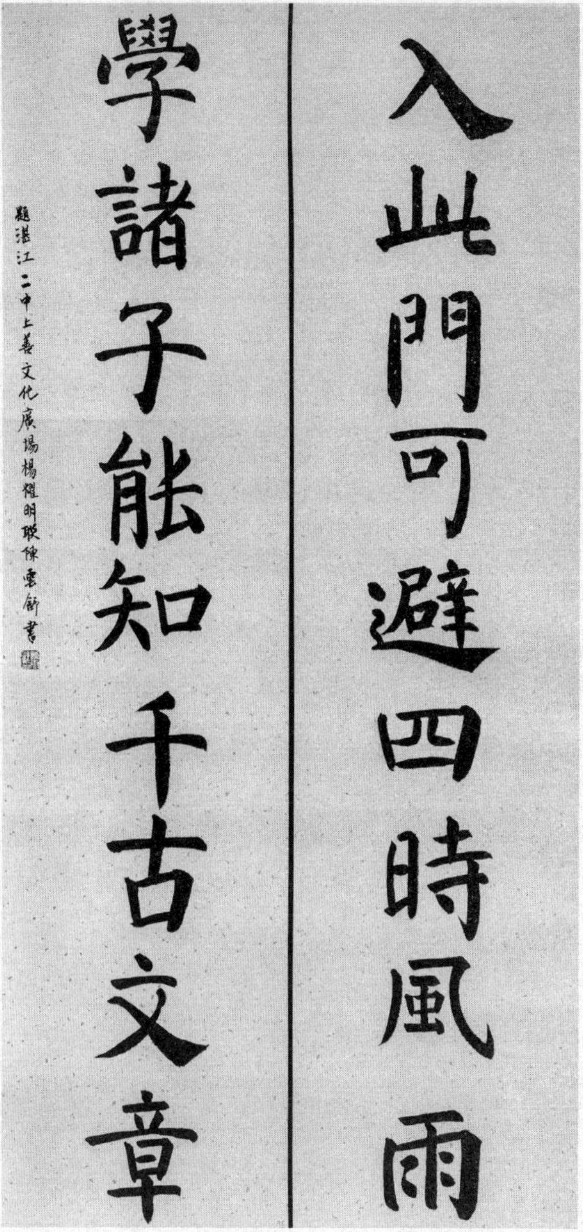
入此門可避四時風雨
學諸子能知千古文章
題湛江二中上善文化展 楊耀明聯 陳雲舒書

湛江市第二中学高一（25）班 陈云舒 书

二中诗社同题楹联之春

晓风还冷，新燕已衔千柳绿；
春意渐浓，游人又见百花红。

题湛江二中聚贤亭（一）

百岁黉门千树美；
四时桃李满园春。

题湛江二中聚贤亭（二）

湖上流莺追树影；

亭前粉蝶送花香。

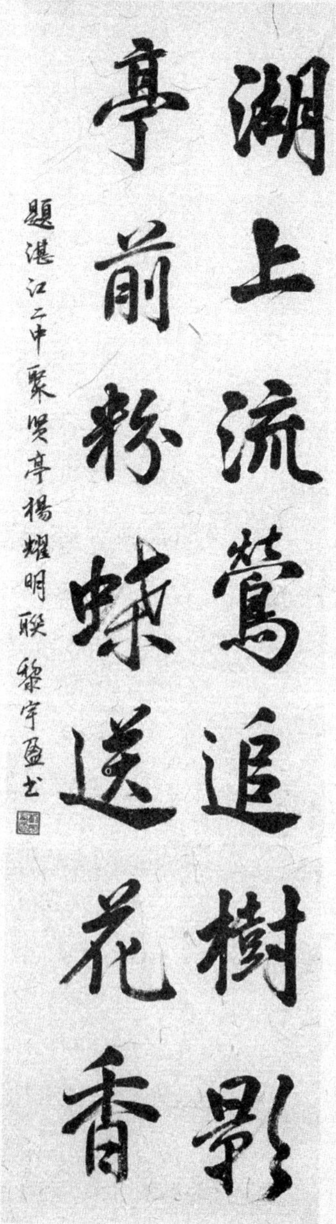

湛江市第二中学高一（21）班　黎宇盈　书

早 春

追蝶过长桥，桥卧寒湖中，看远寺云山，寺在云山上；

开门迎紫燕，燕栖高阁里，观流烟岸柳，烟飘岸柳前。

春　色

细雨还寒，桃花早已盛开千万朵；
春风未到，纤柳何时长出两三枝。

春 景

江中绿水随舟去；
柳下清风拂面来。

题湛江二中上善书吧

登书山博览经传；

游学海勤修品行。

二中诗社楹联同题

一帘春雨催桃李；

三尺讲台育俊才。

题湛江市第二中学霞山校区

先生沥血潜心，树正道，传经授业；

学子披星戴月，登书山，立德修身。

题湛江二中人和亭

人立亭边添景色；
鸟鸣树上乐春光。

题遂溪仙凤小学

敬业创新，仙凤先生博爱；
善思勤学，黉门弟子俊才。

致日本古河中学

山川异域，他乡情义厚；

风月同天，故友信笺长。

赞于漪

两袖清风树杏坛师表；
一生素志育黉门俊才。

注：于漪为国家荣誉称号“人民教育家”获得者。

题吴川飘色

飘扬天地云烟色；
留住古今人物情。

题擎雷书院

土红湖秀，雷阳礼义育人杰；

风顺天晴，书院清幽显地灵。

祈太平盛世

春风万里，祈祷太平盛世；
新岁一声，祝求安乐无忧。

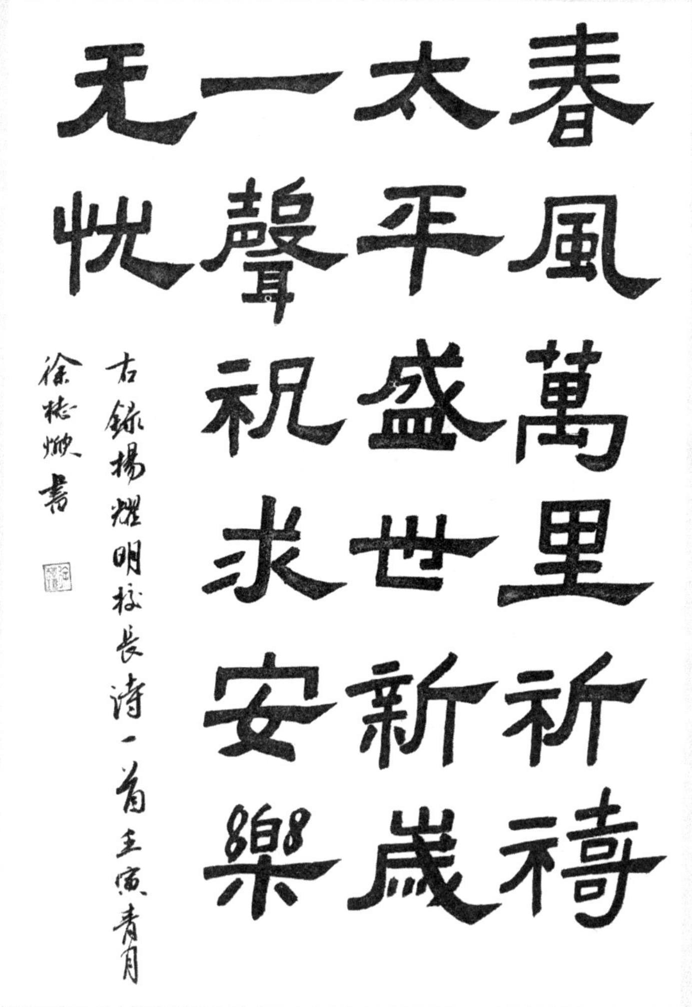
春風萬里祈禱
太平盛世新歲
一聲祝求安樂
无忧
右錄楊耀明校長詩一首
徐梽焮書

湛江二中崇文实验学校高二（2）班　徐梽焮　书

赞东京奥运会跳水冠军全红婵

天之骄子龙腾虎跃追风逐浪东京争第一；
今日少年神往心驰踏雪寻花异国慰平生。

贺广东楹联学会六代会召开

五湖骚客挥毫笔，同撰楹联传四海；
一代鸿儒举大旗，共扬韵律入千家。

题虎年

金牛辞岁人安健；

玉虎临门家吉祥。

醉月

宋曾胡诗联选

ZUI LE
QINGSHAN
HONG XIU

青衫红袖

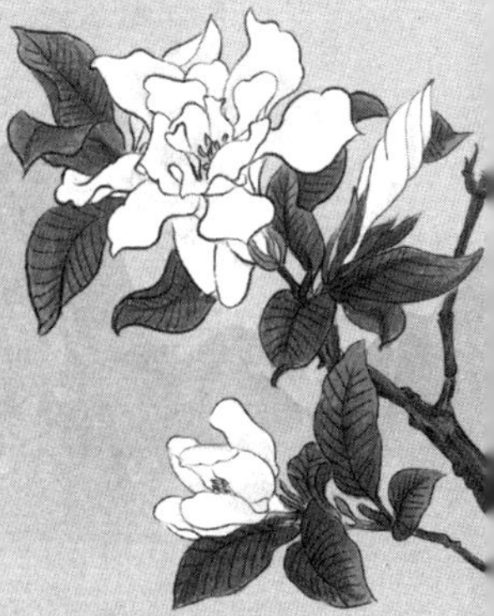

诗意二中

湛江二中大门

湛江二中“上善亭”“高贤桥”

湛江二中“万世师表”

湛江二中“百花广场”

湛江二中“上善文化广场”

湛江二中“上善文化广场门联”

湛江二中“风云亭”

湛江二中“从容亭”

湛江二中“聚贤亭”“学海”

湛江二中“人和亭”“雷州换鼓”

湛江二中“正义桥”“学川”

湛江二中“勤山园”

湛江二中“半岛文化园”

湛江二中霞山校区大门

湛江二中霞山校区“美哉亭”

湛江二中霞山校区“上善书吧”